हिन्द पॉकेट बुक्स

आकाश कितना अनंत है

शैलेश मटियानी आधुनिक हिन्दी साहित्य-जगत् में नयी कहानी आन्दोलन के दौर के कहानीकार एवं प्रसिद्ध गद्यकार थे। उन्होंने *बोरीवली से बोरीबन्दर* तथा *मुठभेड़*, जैसे उपन्यास, *चील*, *अर्धांगिनी* जैसी कहानियों के साथ ही अनेक निबंध तथा प्रेरणादायक संस्मरण भी लिखे हैं। उनके हिन्दी साहित्य के प्रति प्रेरणादायक समर्पण व उत्कृष्ट रचनाओं के फलस्वरूप आज भी उत्तराखण्ड सरकार द्वारा साहित्य में उत्कृष्ट योगदान के लिए पुरस्कार का वितरण होता है।

आकाश कितना अनंत है

शैलेश मटियानी

हिन्द पॉकेट बुक्स
पेंगुइन रैंडम हाउस इम्प्रिंट

हिन्द पॉकेट बुक्स

यूएसए। कनाडा। यूके। आयरलैंड। ऑस्ट्रेलिया। सिंगापुर
न्यू ज़ीलैंड। भारत। दक्षिण अफ्रीका। चीन

हिन्द पॉकेट बुक्स, पेंगुइन रैंडम हाउस ग्रुप ऑफ़ कम्पनीज़ का हिस्सा है,
जिसका पता www.hindpocketbooks.com पर मिलेगा

पेंगुइन रैंडम हाउस इंडिया प्रा. लि.,
चौथी मंजिल, कैपिटल टावर -1, एम जी रोड,
गुड़गांव 122 002, हरियाणा, भारत

पेंगुइन
रैंडम हाउस
इंडिया

प्रथम हिन्दी संस्करण हिन्द पॉकेट बुक्स द्वारा 1981 में प्रकाशित
यह हिन्दी संस्करण 2019 में प्रकाशित

10 9 8 7 6 5 4 3 2

इस पुस्तक में व्यक्त विचार लेखक के अपने हैं, जिनका यथासंभव तथ्यात्मक सत्यापन किया गया है, और इस संबंध में प्रकाशक एवं सहयोगी प्रकाशक किसी भी रूप में उत्तरदायी नहीं है।

ISBN 9789353490546
मुद्रकः रेप्रो इंडिया लिमिटेड

www.penguin.co.in

FSC www.fsc.org
MIX
Paper from responsible sources
FSC® C047271

This is a legitimate digitally printed version of the book and therefore might not have certain extra finishing on the cover.

आकाश कितना अनंत है।

हत्या, आत्महत्या अथवा किसी लड़की या औरत के अपने प्रेमी के साथ भाग जाने की सनसनीखेज खबर हमेशा ही, इस शहर में अंधड़ की सी तेजी से फैल रही है।

सामान्यतया खूबसूरत किन्तु, काफी संक्षिप्त यह शहर कहीं कुछ रोमांचक घटित होते ही तरह-तरह की चर्चा और अफवाहों से तेज बारिश में भरने वाले छोटे पोखरों की तरह डबाडब हो आता है। अभी कुछ दिन पहले, 'ऑटम' की उत्सवों की-सी रौनक जरूर थी, किन्तु 'ऑटम' के बीतने के साथ सर्दी बढ़नी शुरू हुई और, सैलानियों की वापसी के समाप्त होने के साथ-साथ शहर की अधिकांश दुकानों के दरवाजों पर ताले पड़ चुके। धीरे-धीरे स्थायी निवासियों में से भी छंटने आरम्भ हो गए थे और मुख्य-मुख्य सरकारी दफ्तरों के शीतकालीन प्रत्यावर्तनों की कागजी शुरुआत भी हो चुकी थी। कुल मिलाकर, इन दिनों, यह शहर काफी रिक्त और ठंडा हो चला था।

इन दिनों तो यों भी यह शहर, 'सीजन' की चहल-पहल के बाद, उत्सव बीत चुकने के सन्नाटे में डूबने लगता है और इसके चारों किनारों से ऊब का वातावरण कोहरे की तरह ऊपर उठने लगता है। कंपा देने वाली ठण्ड इस शहर को अजगर की तरह जकड़ना शुरू कर देती है और यह लगभग सुनसान पड़ता हुआ शहर सिगड़ियों की तरफ हाथ तानते लोगों के आलस्य से भरने लगता है।

अन्य पहाड़ी इलाकों की तरह, यहां के रहने वाले भी आत्मभीरु

हैं, और परिणामतः लड़ाई-झगड़े भी कुटीर उद्योगों के पैमाने पर होते हैं, जिनकी चिमनियां बहुत ऊंचे आकाश में धुआं नहीं छोड़तीं और इसीलिए अखबारों की सुर्खियों से यह शहर प्रायः छूट जाता है। लेकिन इस तरह का कुछ घटित होते ही इस शहर के निवासियों की आंखों और चेहरों पर गीले कपड़े से पोंछे गए संगमरमर के फर्श की सी चमक और ताजगी आ जाती है।

इस शहर में पुश्तैनी जीवन-पद्धति के फालतू समय से प्रत्येक क्षण लैस रहने वाले लोगों की संख्या काफी है और इस तरह के लोगों की जीभ में से भाषा रेशम के कीड़ों के पिछले हिस्से से बाहर निकलते हुए गोले तंतुओं की तरह रिसती रहती है। कहीं भी, शहर के किसी कोने में, कोई भी घटना घटित होते ही किस्से में बदलना शुरू कर देती है। 'सीजन' के दिनों इस शहर के अस्तित्व पर सैलानी लोग हावी रहते हैं, लेकिन सर्दियों का सन्नाटा ज्यों-ज्यों बढ़ता जाता है, इसके पुश्तैनी बाशिंदे अपनी रौ पकड़ने लगते हैं।

जिस दिन यह घटना हुई थी—शेखर ठाकुर के द्वारा प्रोफेसर तिवारी पर हमला कर देने की—अफवाह यहां तक बढ़ गई कि 'बीच चौक में ठाकुर ने रिवाल्वर की नली प्रोफेसर तिवारी की कनपटी पर रख दी और धांय'...या कि 'लोग तमाशबीनों की तरह देखते ही रह गए और छुरा घोंपकर, पेट को कमर तक चीर दिया और अंतड़ियां...' और कि वह चीख मारकर वहीं बेहोश हो गई...' या कि 'वह शेखर ठाकुर को देखते ही जान बचाकर भाग गई और बेचारे तिवारी च्...च्।'

सामान्यतया अपने घरों में स्त्रियों के मुंहजोर होने को पतन की निशानी मानने वाले कई लोग यह बताते हुए प्रांतरिक प्रसन्नता से भरे हुए दिखाई देते थे कि 'अरे साहब, उस लड़की ने बड़ी हिम्मत से काम लेकर, ठाकुर का हाथ पकड़ लिया और चिल्लाते हुए कहा कि 'छुरा भोंकना हो तो मुझे भोंको। यह शादी मैंने अपनी मर्जी से की है...' और प्रोफेसर तिवारी के सीने से पीठ टिकाकर खड़ी हो गई...और सुना है, ऐन इसी वक्त उस कातिल ने उनके पेट में छुरा भोंक दिया।'

हालांकि इन चार-पांच दिनों में अफवाहों की गर्द काफी बैठ चुकी

थी, किन्तु जहां-तहां वक्त-बेवक्त चर्चा का मुख्य विषय यही था कि उसके गुस्से की हालत यही रही तो सचमुच पागल हो जाएगा। खून दिमाग में इकट्ठा हो जाता है, तो असानी से उतरता नहीं, इसलिए खून-खराबी का अन्देशा अभी टला नहीं है।

ये लोग उस वक्त त्रिपुरा देवी के मन्दिर की सीढ़ियां उतर रही थीं, कि श्रीमती शर्मा ने गीता के कंधे को जोर से दबाते हुए कहा, "मिस पाल, वो देखिए—नीचे सड़क पर। 'वह' जा रहा है..."

श्रीमती शर्मा की आवाज में तिलस्म देखने की-सी रोमांचकता थी और सीढ़ियां उतरते में सांस फूल जाने से एक विचित्र किस्म का असंतुलन भी—'देखिए...वही है। मफलर लपेटे हुए...'

इन लोगों में से कई ने अभी तक सिर्फ अफवाहें सुनी थीं और चर्चाओं से ही उसके रूप-रंग, कद-काठी के बारे में अनुमान लगाती रही थीं। गीता काफी तेजी से सीढ़ियां उतर गई। साथ-साथ तीनों अन्य अध्यापिकाएं भी; लेकिन जब तक ये लोग सड़क पर पहुंचे, वह मोड़ काटकर आगे निकल चुका था।

"धत्तेरे की, सरवा निकरि गवा!" श्रीमती सक्सेना ने ठेठ पूर्वी लहजे में कहा और हंसने लगीं—"इस मर्दवे को तो हम-जैसी औरतों से अपनी मुंह दिखाई वसूल करनी थी... ।"

"मिस पाल भी शायद ठीक से देख नहीं पाई।" सड़क तक पहुंचती हुई श्रीमती शर्मा ने हांफते हुए कहा।

"हाय, मिसेज शर्मा! आपको भी लगातार यही चिन्ता है। कि मिस पाल ने उसका चेहरा नहीं देखा। क्यों न हो, साहब, आशिक का चेहरा तो सबसे पहले माशूकं के ही देखने की चीज है।"

"आप, मिसेज सक्सेना, हमेशा और हर जगह सिनेमाई भाषा इस्तेमाल करती हैं। और आपकी जानकारी के लिए मैं यह भी बता दूं कि उसका चेहरा मेरा सैकड़ों बार का देखा हुआ है। आप लोगों को तो इस शहर में बसे हुए अभी ज्यादा वक्त हुआ नहीं है, मैं यहीं पैदा हुई थी। कुछ साल बाहर बिताने के बाद फिर लगभग सात-आठ वर्षों से यहां

हूं। किसी जमाने में यह यहीं, सी० बी० में पढ़ता था। मीना तब मिसेज तिवारी नहीं थी, सिर्फ मीना दुबे थी और ये दोनों एक-दूसरे के रोमांस में डूबे घूमते थे...इसी शहर में..."

"तो आप लगातार यह रट क्यों लगाए थीं, कि उसे देखना है? जब वारदात हुई थी, तब से हर दिन आपका यही कहना था, कालेज आते-जाते या शहर घूमते हुए, कि 'कहीं दिख जाए, तो मुझे जरूर बताना...' आपकी जड़े वास्तव में जमीन के भीतर काफी नीचे तक हैं, मिस पाल!"

"अरे, तो आप किस हवा में हैं, मिसेज सक्सेना! हमारी मिसेज पाल काफी पुरानी 'रिकार्ड-होल्डर' हैं। इस मजनू को तो सिर मुंड़ाए जुमा-जुमा आठ रोज हुए हैं। मिस पाल के सामने तो वह बच्चा है, बच्चा..."

मजाक करने की उत्तेजना में श्रीमती शर्मा का गला और भी बैठ गया और वो खंखारने लगीं।

"मिसेज शर्मा जब जोर-जोर से खांसती हैं, तो लगता है, कोई मीनार हिल रही है..."—अब तक चुप चली आ रही प्रभा जायसवाल ने व्यंग्य किया।

"मीनार नहीं, खंडहरं कहिए, खंडहर!...प्रभाजी, कभी यह खंडहर भी जरूर-जरूर आबाद रहा होगा..."—मौका देखकर गीता पाल ने रद्दा कसना शुरू ही किया था कि प्रभा जायसवाल ने जोड़ दिया—"सो तो अब भी है..."

"अरे नहीं, मैं आधे दर्जन बच्चो से नहीं, शुद्ध रोमांस से आबाद होने की बात कह रही थी।"—गीता पाल ने अब खुलकर ठहाका लगाया।

"सब आपकी तरह 'एडवेंचरस नहीं होतीं, मिस पाल! मरा मुर्दा ढोना सब के वश का नहीं होता।"—श्रीमती शर्मा की आवाज अभी भी पूरी तरह संतुलित नहीं हुई थी, लेकिन अपने कहे हुए की प्रतिक्रिया गीता पाल के चेहरे पर देखने के लिए अपनी आंखों को उन्होंने मछियारे पक्षी की चोंच की तरह एकाग्र कर लिया।

उन लोगों के बीच में से गीता पाल का अतीत झपट्टा मारता हुआ-

सा उड़ गया और सभी ने अनुभव किया कि हवा का कांपना अभी तक गीता के चेहरे की त्वचा पर ज्यों-का-त्यों बना हुआ है।

मिसेज सक्सेना ने स्थिति को संभालने की कोशिश करते हुए कहा, "आइए, 'कबाना' में एक-एक प्याली कॉफी हो जाए। भई, इस बात को मानना पड़ेगा कि मिस पाल हमारे बीच की रौनक हैं। मैं अभी पिछले ही दिनों किसी फ्रेंच राइटर का एक नॉवेल पढ़ रही थी। नाम याद नहीं आ रहा है। इस बक्त। उसकी नायिका हमारी मिस पाल की तरह है। वह भी ऐसी जबर्दस्त 'ट्रेजेडी' से गुजरती है कि सामान्य तौर पर औरत को उस में टूट जाना चाहिए, लेकिन उसका चरित्र, साहब, और ज्यादा निखर आता है। मुझे याद आ रहा है। एक प्रसंग जब उसका नया प्रेमी कहता है कि 'तुम सैंतीस की उम्र में भी बेहद खूबसूरत लगती हो!' तो वह सामान्य औरतों की तरह खुश होकर या झेंपकर चुप रह जाने की जगह, अपने नये, सिर्फ उन्नीस वर्ष के नवयुवक, प्रेमी के गालों पर हाथ फिरा देती है और कहती है, 'प्यारे लड़के, अब जो खूबसूरती तुम देख रहे हो, यह जवानी की नहीं, बल्कि अपनी जवानी के नतीजों को बर्दाश्त करने की खूबसूरती है, और यह खूबसूरती औरत में आ जाए, तो फिर खत्म नहीं होती है।'... ये लेखक लोग भी, साहब, मानना पड़ेगा कि अद्‌भुत होते हैं। औरतों के बारे के जितनी जैनुइन' और रहस्यमय बातें ये लोग जानते हैं, शायद, खुद हम औरतें नहीं जानतीं..."

सभी ने पाया कि श्रीमती सक्सेना की बातें सुनते-सुनते, "कबाना' तक आ पहुंचे हैं। सिर्फ यही एक कॉफी-हाउस है, जो सदियों के मौसम में भी बचा रह जाता है और छोटे शहर के मायावी वातावरण में मुर्गों की भांति गंबराते हुए नवयुवकों के अलावा, बुद्धिजीवी किस्म के उन लोगों को भी अपने भीतर समेटता है, जो प्रेम-प्रसंगों, युद्धों, राजनैतिक मुद्दों, हड़ताल-आन्दोलनों और महंगाई पर समान रूप में बहसे कर सकते हैं।

कॉफी-हाउस का इस ओर का बरामदा सडक से लगा हुआ है, सिर्फ एक चौड़ा तख्ता पार करना पड़ता है। कुर्सियां-मेजें वगैरह

पिछले, पश्चिम की ओर वाले बरामदे में पड़ी रहती हैं। वहां से शहर का निचला और घना बसा हुआ हिस्सा पूरा दिखाई देता है।

शहर के उस घने हिस्से और इस कॉफी-हाउस के बीच लगभग फर्लांग-भर की खूबसूरत ढलान है। सीधे पार तक देखने पर, झील के पार का पश्चिमी छोर का घना अरण्य भी दूर-दूर तक दिखाई देता है। पहाड़ की चोटियों पर देवदारु के ऊंचे वृक्षों की जड़ों में होता हुआ-सा सूर्यास्त भी। शहर के इसी पश्चिमी पार्श्व में शहर के अधिकांश स्कूल-कालेज हैं और चोटी पर सलीब में ठुंके हुए ईसा के कारण आध्यात्मिक और ऐतिहासिक दिखता हुआ संत पाल चर्च भी।

बेयरा इस वक्त सीजन वाली 'यूनीफार्म' में नहीं था और बरामदे में बैठा अंघ रहा था। पटरे पर पांवों के पड़ते ही, वह अपनी अभ्यस्तता में लौट आया और उसके चेहरे पर देर तक प्रतीक्षा करने के बाद दिखाई देने वाले ग्राहकों के साक्षात्कार की चमक फैल गई।

"क्यों, हरीसिंह, कुछ कॉफी-वाफी का जुगाड़ है, या नहीं?"

"होगा, जरूर होगा मेम साहब! बढ़िया कॉफी पिलाऊंगा। आइए-आइए।" कहते हुए, हरीसिंह पिछले बरामदे की तरफ निकल गया और जब तक ये चारों कमरा पार करके पहुंचे, मेज-कुर्सी पर कपडा फेर दिया। गर्द मक्खियों की तरह उड़कर धीरे-धीरे फिर नीचे बैठ गई।

"क्यों, अकेले हो? बाकी साथी और मालिक नहीं हैं। क्या?"

'कबाना' के सूनेपन को घूरते रहने के बाद, श्रीमती शर्मा बोलीं, "गंगाराम भी नहीं दिखता..."

अब तक कुछ गम्भीर दिखती हुई-सी गीता पाल ने धीमे से, शरारतपूर्वक कहा, "तो, मिसेज शर्मा, यहां तक आने की आपकी दौड़-धूप बेकार चली गई—च-चच...हरीसिंह सेः काम नहीं चलेगा?"

इस बार श्रीमती सक्सेना और प्रभा जायसवाल ने भी खुलकर ठहाका लगाया तो श्रीमती शर्मा कुछ कुढ़ गई..."भई, आफ्टर आल,

हम सब लोग लेक्चरर्स हैं। इस तरह की 'लूज टाक्स' करते..."

गला फंस जाने से श्रीमती शर्मा यह कहते-कहते रुक गई थीं— 'हम लोगों को जरा वक्त और जगह का भी ध्यान रखना चाहिए' कि तभी प्रभा जायसवाल ने लम्बी उसांस भरते हुए बड़े नाटकीय ढंग से कहा, "ऑफकोर्स, डियर, आफ्टर आल..."

तीनों के सम्मिलित ठहाके ने श्रीमती शर्मा के स्थूल शरीर को भी हिला दिया, लेकिन उनका ठहाका लगाने की मुद्रा में ऊपर उठा हुआ चेहरा खांसी से दबकर, नीचे झुक गया।

बेयरा चुपचाप खड़ा था, असम्पृक्त दिखता हुआ-सा लेकिन उसकी आंखें बोल रही थीं।

"हरीसिंह, चार प्याली बढ़िया, गर्मागर्म कॉफी पिलाओ..."प्रभा जायसवाल ने काफी खनकती-सी आवाज में कहा और हरीसिंह के मुड़ते ही, खिलखिलाकर हंसती चली गई।

"हाय, यह पटाखा अब किस बात पर फूटा?"—श्रीमती सक्सेना प्रभा के कन्धे को झकझोरती हुई-सी बोली, "तुम क्या आज मिस पाल का कोटा पूरा करने में लगी हुई हो?"

"आज ये मूड में आ गई हैं। आप लोग जानती ही हैं, जब बछिया रस्सी तुड़ाती है, तो बहुत तेज दौड़ती है..."

"कितने साल की बछिया?" श्रीमती सक्सेना ने बच्चों की सी शरारत के साथ पूछ लिया, "प्रभा, तुम्हारी उम्र इस वक्त क्या होगी?"

इस बार फिर चारों को हंसी फूटी और श्रीमती शर्मा फिर खांसते-खांसते परेशान हो गईं। उनके चेहरे पर थकान-सी उभर आई।

"अच्छा, अब 'जोक्स' बन्द!" गीता पाल ने गम्भीर बनने का नाटक करते हुए कहा, "हां भई, जायसवाल, आप क्यों बिला वजह हंस पड़ी थीं?"

"अरे भई, सब आप लोगों की सोहबत का असर है। आप लोगों को टोकने की आदत ऐसी पड़ गई है कि बेचारी मिसेज शर्मा हरीसिंह से गर्मागर्म कॉफी पिलाओ, डियर! कहते-कहते रह गईं।"

"हाय, ऐसा हो क्यों नहीं गया? बेचारा धन्य हो जाता।"

फिर ठहाके लगते कि हरीसिंह की आवाज सुनाई दे गई—"मेमसाब, चीनी-दूध अलग से ले आऊं, या तैयार कॉफी..."

"भई, वहीं से बनाकर ले आओ। सर्दी काफी है। चीनी-दूध लेकर बनाते-बनाते बेमजा हो जाएगी।" प्रभा जायसवाल ने ही जवाब दिया और उसके ओझल होते ही, धीमे स्वर में बोली, "यह हरीसिंह दिखने में जितना बुद्धू है, उतना ही शरारती। सुना है, लड़कों और मर्दों को यह बहुत रस लेलेकर किस्से सुनाया करता है—लड़कियों और औरतों के बारे में। खासतौर से अनमेरिड लेडीज के बारे में।"

"अरे चलिए। बेचारा किसी तरह अपना बुढ़ापा तो काटता है..." इस बार श्रीमती शर्मा ने मजाक किया ही था कि गीता पाल ने चुटकी लेते हुए कहा, "देखा, श्रीमती सक्सेना अपने! 'क्लास-सिम्पेथी' इसी को कहते हैं।"

"मिस पाल, कम से कम आप अब बुढ़ापे का मजाक उड़ाना छोड़ दें। सींग तुड़ाने से गैया को बछिया बनते कहीं नहीं देखा गया। हम सादगी से रहते हैं, तो पैंतालिस में पचास के दिखते हैं। आप 'मेक-अप' से पैंतीस को पचीस में रखना चाहती हैं..."

"आप तो, श्रीमती शर्मा, 'सीरियस' होने लगीं।" गीता पाल ने श्रीमती शर्मा के किंचित सख्त पड़ते हुए चेहरे को बच्चों की सी शरारत के साथ सहला दिया, तो श्रीमती शर्मा हंस पड़ने और खांसने को लाचार हो गईं।

"मैं तो समझती हूं, अभी आप छब्बीस-सत्ताईस से आगे नहीं होंगी। यों एक खास तरह की गम्भीरमा आपकी आंखों में जरूर आती जा रही है, मिस पाल!"

"अरे, मिस जायसवाल! आप भी किस फेर में पड़ गईं!" श्रीमती सक्सेना बोलीं, "किसी शायर ने जो कहा है कि 'औरत की उम्र पर न जाइए' यों ही नहीं कहा है। रह गई 'मिस पाल की आंखों में गम्भीरता के आ जाने की बात। जिस फ्रेंच लेखक के उपन्यास का जिक्र मैं आप लोगों से कर रही थी, उसमें लेखक मिसेज मार्था (नायिका) की

मनोदशा के बारे में कहता है कि प्रेम में विफल होने के बाद इस तरह की रहस्यमय गम्भीरता औरतों को अपने से कम उम्र के लोगों की ओर आकर्षित करती है। ऐसे में वह कद्दावर पौरुष की जगह ऐसी कोमलता को पसन्द करने लगती हैं, जिसे वे संरक्षण दे सके।...आगे वह लिखता है..."

"यानी मां बनना चाहती हैं?" श्रीमती शर्मा ने बात साफ की।

"जी नहीं, बल्कि ऐसे प्रेमी की तलाश में रहती है, जिसे वह मां की तरह प्यार कर सके। मैंने आप लोगों को बताया नहीं था कि उस उपन्यास की सैंतीस साला नायिका का अंतिम प्रेम एक उन्नीस वर्ष के अनुभवहीन लेखक से हो जाता है और कमाल यह देखिए कि अगले साल ही वह मां बन जाती है और कुछ ही अरसे के बाद दोनों में तलाक भी हो जाता है।"

"यहां इस तरह की घटनाएं होने लगें, तो हल्ला मच जाए...लेकिन उसकी उम्र तो उन्नीस नहीं, कुछ ज्यादा लगती है।" श्रीमती शर्मा का संकेत शेखर ठाकुर की ओर था।

"यहां के पुरुष-समाज से भी ज्यादा रूढ़िवादी औरतों की जमात है। अरे, हम लोगों के कालेजों के ही वातावरण को देख लीजिए। मुझे याद है, जिस साल मिस पाल के साथ 'ट्रेजेडी' हुई थी, इनके बारे में ज्यादा इर्रेलिवेंट और सख्त बातें इनकी 'कलीग्स' ही किया करती थीं..."

"हम तो, खैर तभी से आपके ज्यादा मुरीद हुए हैं," प्रभा जायसवाल ने गीता पाल के गले में हाथ डालते हुए कहा, जबसे आपके स्वर्णाक्षरों में लिखे जाने योग्य इतिहास को जाना है।"

"लगता है, अप गहरी चोट खा चुकी हैं, लेकिन इतिहास बनते-बनते रह गया।"

प्रभा कुछ उत्तर देती कि हरीसिंह को आते देख, चुप रह गई।

हरीसिंह कॉफी लगा चुका मेज पर, तो गीता ने यों ही पूछ लिया, "आजकल तो बिक्री ठण्डी ही रहती होगी? मौसम की तरह।"

"जी मेमसाब, बिल्कुल ठण्डी रहती है। मालिक भी इसी लिए बरेली चले गए हैं। अकेला मैं रह गया हूं। मालिक कह गए हैं, होटल का पहरा करना और अपना खर्चा खुद निकाल लेना। आज तो सुबह से अभी तक में सिर्फ एक पैसेंजर आया...खैर, वो तो रोज का आने वाला पैसेंजर है।"

"अच्छा, रोज आता है? इस उजाड़ मौसम में भी? कौन है भला, शहर का है या कोई सैलानी?"

"अरे, मेमसाहब, उस आदमी को क्या शहरी कहिए और क्या सैलानी। कई साल पहले यह बड़े स्कूल में पढ़ता था। आजकल तो सिर्फ हुड़दंग मचाने आया हुआ है। आप लोग तो जानती ही होंगी उसे। प्रोफेसर तिवारी बेचारे को तो उसने जान से ही मार डालने की कोशिश की थी...कुल चार-पांच दिन पहले की तो बात..."

"कौन, शेखर ठाकुर?"—कौतूहल के सन्नाटे को तोड़तीन्सी, गीतापाल बोल पड़ी।

"जी मेमसाहब!"

हरीसिंह अब काफी इतमीनान से खड़ा था और ज्यादा विस्तार से बताने की उत्सुकता में उसकी आंखें काफी पैनी हो आई थीं। प्रभा जायसवाल ने गीता पाल की हथेली को दबाते हुए, धीमे कहा, "लीव दिस टापिक" फिर उसकी ओर मुड़ते हुए, बोली, "अच्छा-अच्छा, ठीक है। यह खबर तो यहां के लोकल पेपर्स में भी आ गई थी। शहर के सभी लोग पढ़ चुके हैं और, हरीसिंह, हम लोगों को इस वक्त अब और कुछ नहीं लेना है। तुम जाग्रो, आराम करो। हम लोग थोड़ी देर बैठकर चली जाएंगी।"

हरीसिंह मेमसाहब के इस आकस्मिक परिवर्तन से कुछ खिसियाया हुआ-सा वापस, बाहर वाले बरामदे की ओर निकल गया, तो प्रभा बोली, "इसे आप लोग ठीक से नहीं। जानती हैं। बहुत गप्पी और बातूनी है। कल ही हम लोगों का नाम भी जोड़ देगा कि हम लोग इस केस में बहुत दिलचस्पी ले रही थीं। आप तो, मिसेज शर्मा, पहली बार इस पहाड़ी शहर में आई हैं, और यह आपकी पहली सर्दी है, इसीलिए ठंड प्रापपर इतना ज्यादा असर भी कर रही है। खांसते-खांसते आप

परेशान हो जाती हैं। गीताजी तो, खैर, इसी शहर की "प्रोडक्ट हैं, लेकिन ज्ञानवतीजी को और मुझे अब यहां तीन-तीन साल होने को आए हैं। झील में पत्थर फेंकिए, तो आर-पार तक पानी हिलता है, इस शहर में भी यही होता है। 'प्लेन्स' में, साहब, बड़ी-बड़ी वारदातें होती हैं—आई-गई हो जाती हैं। यहां तो कोई एक 'स्कैंडल' हो गया, तो लम्बे अरसे तक लोग उसे हड्डी की तरह मुंह में लिए बैठे रहते हैं..."

"मिस जायसवाल ठीक कह रही हैं। अभी पिछले साल इनका नाम भी तो प्रोफेसर सिंह के साथ जोड़ना शुरू कर दिया था लोगों ने। वह तो उनका तभी तबादला भी हो गया...वैसे यह पूछने के लिए माफ कीजिएगा, मिस जायसवाल...उस बात में कुछ सच्चाई भी थी, या कोरी र्‌यूमर..."

"अरे, छोड़िए ज्ञानवतीजी! इस बारे में तो कई बार बता चुकी हूं कि कुछ नहीं था। प्रोफेसर सिंह कविताएं बहुत अच्छी लिखते थे और कुछ थोड़ा-सा शौक मुझे भी था...जैसा कि हमारी गीताजी को है...खैर मैं तो यह कह रही थी कि इन छोटे शहरों का खास किस्म का 'नेचर' होता है। एक छोर पर शरारती छोकरों का-सा और दूसरे छोर पर 'रिटायर्ड' बूढ़ों जैसा।"

"वाह, मिस जायसवाल, उपमायें बांधने में तो आप कमाल कर देती हैं। इस शहर के चरित्र की इतनी खूबसूरत परिभाषा आज तक किसीने न दी होगी।...जनाब, कोफ्त तो होती है यह कि जरा-सी भी कोई बात हुई नहीं कि इस शहर के लोगों की नजरें मक्खियों की तरह आपके चेहरे पर बैठना शुरू कर देती हैं...लेकिन इसका दूसरा पहलू भी है। यह सब न हो, तो सर्दियों और बरसात के दिनों में तो इस शहर में रहना मुश्किल हो जाए। छोटी-सी घटनाओं को सनसनीखेज बना देने की कला को इस शहर के लोगों ने अपनी 'बोरियत' को तोड़ने का नुस्खा बना लिया है। अफवाहों को 'चुइंगम' की तरह चबाने का प्रार्ट—इटिज देयर एचीवमेंट!"

गीतापाल ने अपनी बात समाप्त की ही थी कि प्रभा जायसवाल ने उसे फर्श पर पड़े हुए तागे की तरह उठा लिया—"देखिए न, आखिर में बात सिर्फ इतनी-सी निकली कि दो-चार थप्पड़-धंसे रख

दिए थे, बस! हां, सुना है, मार डालने की धमकियां जरूर दी थीं, लेकिन सारे शहर में हल्ला हो गया कि कत्ल कर दिया, हलाल कर दिया, रिवाल्वर से उड़ा दिया।' ...उस बेचारे की ऐसी तस्वीर खींच दी, जैसे शहर में डाकू मार्नासह आ गया हो। मेरी तो मिसेज मैठाणी से राह चलते थोड़ी बातचीत हुई थी। वह बता रही थीं कि लोगों ने उसका हौआ खड़ा कर रखा है। हालांकि इतना वो भी जरूर कह रही थीं कि लड़का चूंकि अपने प्रेम में 'सिसियर' रहा है और भावुक ज्यादा है—ऐसे में डर जरूर लगता है कि उत्तेजना में कुछ ज्यादा गलत भी कर बैठे।...चलिए, एक दिन मिसेज मैठाणी से मिल आया जाए। उन्हींकी 'ओकवुड' कॉटेज में तो वह रह रहा है। हालांकि बुढ़िया को सख्त होते भी देर नहीं लगती।"

"ओहो, तो उस 'हीरो' में आपकी दिलचस्पी भी मिस पाल से कम नहीं है?"

"नहीं, बाबा! इन सब किस्सेबाजियों में पड़ना ठीक नहीं है। मिसेज मैठाणी के यहां आते-जाते लोग देखेंगे, तो फुस–फुसाएंगे जरूर। वैसे मीना के कालेज में क्या 'रिएक्शन' हुआ है?"

"वहां की हवा भी मिसेज मैठाणी ही ज्यादा सही बतला सकती हैं..."

"अरे, हां, वो मीना के कालेज में ही हैं।...खैर, वो तो हमारे ही वर्ग की हैं। कभी एकाध दिन गणेश चट्टान की तरफ घूमते-घामते जाया जा सकता है। यों कालेज आते-जाते में दिखती तो हैं, लेकिन सड़क पर तो इस तरह की बातों का जिक्र छेड़ना अच्छा नहीं। आप सभी लोग शायद जानती न हों, मिसेज मैठाणी ने एक जमाने में एक दाढ़ीवाला बकरा पाल रखा था। खैर, वह काफी लम्बा किस्सा है। बाद में कभी मिसेज मैठाणी के मुंह से ही सुना जाएगा। सुना है, उस दाढ़ीजार बकरे के बारे में बोलते वक्त बुढ़िया बहुत भावुक हो जाती है। तो, मिमेज शर्मा, कभी चला जाए? अगले इतवार..."

"नहीं, भई! आप लोगों को ही मुबारक हो। उतनी चढ़ाई मेरे

बस की नहीं। चलिए, अब उठा जाए। हमें घर जरा जल्दी पहुंचना है।"—श्रीमती शर्मा उठी ही थीं कि उनकी कोहनी से टकराकर कांच का गिलास नीचे गिर गया और उसके टूटने की खनखनाहट के पूरी तरह समाप्त होने से पहले ही हरीसिंह की आवाज आई—"क्या हुआ, मेमसाहब?"

गीता पाल धीरे से बोलीं, "कुछ नहीं, श्रीमती शर्मा तुम्हारे लिए अपनी निशानी छोड़ती जा रही हैं।"

अपने सम्मिलित ठहाकों में लिपटी हुई-सी ही, तीनों सड़क पर आ पहुंची। श्रीमती शर्मा पैसे देने के लिए पीछे रुक गई थीं। लौटीं तो गम्भीरतापूर्वक बोलीं, "अठन्नी मैंने गिलास की भी 'पे' कर दी। हालांकि 'कोई बात नहीं, मेमसाहब, गिलास तो यहां टूटते ही रहते हैं' कह रहा था, लेकिन अहसान सा जता रहा था...।"

"ओह, यह सब बताने की जरूरत ही क्या थी, श्रीमती शर्मा! लगता है, भीतर-ही-भीतर कहीं 'गिल्टी कांशंस' आप में आ गई है?"—गीता पाल ने फिर मजाक किया, तो श्रीमती शर्मा खिसिया गई। बोलीं, 'भई, आप लोगों के बातूनीपन से पार पाना मेरे बस का नहीं। किसी दार्शनिक ने ठीक कहा। है कि औरत जब तक प्रेम में रहती है, तभी तक वह अपनी भाषा में भी रहती है। बाद में तो वह सिर्फ दूसरों की भाषा और दूसरों के लिए बोलती है। प्रभाजी और मिस पाल अभी भी प्रेम की तलाश में हैं और इसीलिए इन लोगों की भाषा भी इन्हीं की है...।"

"आप तो, मिसेज शर्मा, लगता है, अब 'क्लास' लेने के मूड में आ गई हैं। अच्छा, अप तो यहीं से रास्ता बदल लेंगी, अब फिर कब भेंट होगी?"

"अगले इतवार को" कहती हुई श्रीमती शर्मा नमस्कार की मुद्रा में बाईं ओर को जाती हुई पतली सड़क पर मुड़ गईं। "मुझे कोई खास दिलचस्पी नहीं, लेकिन आप लोग तय कर लेंगी, तो चली चलेगी।"

शहर के निचले, अपेक्षाकृत घने हिस्से की ओर बढ़ते हुए—तीनों अब चुप थीं।

पंत मार्केट वाले चौराहे तक पहुंचने पर उन लोगों ने एकाएक देखा कि वह सामने से आया और एक उड़ती हुई-सी नजर तीनों पर डालता हुआ, तेजी से, 'ओकवुड काटेज' की ओर जाती सड़क पर आगे बढ़ गया।

तीनों ने धीमे से मुस्कराते हुए, एक साथ लम्बी सांसें लीं।

गीता पाल ही बोली, "मैं पहले भी देख चुकी हूं, लेकिन आप लोग जो पूछ रही थीं कि इतनी उत्सुकता मैं क्यों दिखा रही थी, तो इसकी वजह सिर्फ यह है कि मैं इसको अब देखना चाहती थी कि एक हताश और 'रिवेंज' में बौखलाए प्रेमी का चेहरा कैसा दिखता है!"

"तो देखा..."।

"अरे, नहीं। वह तो झपट्टा मारकर उड़ती चील की तरह निकल गया..."

"देख लीजिए, मिस पाल, कहीं आपका कुछ उठा न ले गया हो...? सुना है, बहुत दिलफेक है..."—प्रभा ने श्रीमती सक्सेना के कंधे पर हाथ रखते हुए कहा, तो पहली बार गीता पाल कुछ गहरी उदासी में डूबती-सी दिखाई दी। बोली—"प्रेम में मिलने वाला विश्वासघात कितना तोड़ देने वाला होता है, आप अंदाजा नहीं लगा सकतीं।"

"वैसे यह सब कितना विचित्र है—आपका मर्दों के प्रति दुखी और उदास होना!"—प्रभा जायसवाल ने लम्बी सांस लेते हुए, व्यंग्यपूर्वक कहा, तो गीता पाल ने एक क्षण उसे घूरा, लेकिन फिर हंस पड़ी—"इस टॉपिक पर फिर कभी बातें करेंगे, मिस जायसवाल! इस वक्त मैं चलूं। घर आ गया। नमस्कार। नमस्कार मिसेज सक्सेना!"

तीनों अलग-अलग हुईं, तब तक दोपहर ढलने को हो आई थी। अकेले-अकेले चलते हुए, शहर में फैले झीने कोहरे को उन लोगों ने ज्यादा गहराई से अनुभव किया।

दो

ओकवुड काटेज काफी ऊंचाई और एकान्त में है। देवदारु, चीड़, बांज और पाकर के वृक्षों से घिरा हुआ। श्रीमती मैठाणी ने नारंगी, सेब,

आलूबुखारा और खुबानी आदि फलों के कुछ पेड़ भी लगा रखे हैं, जिनके बीच ओकवुड काटेज, अपने पुरानेपन और फीके पड़ चुके टीनों की छत के बावजूद आकर्षक लगता है।

दक्षिणी छोर पर ऊबड़-खाबड़ संकरी घाटियों के ऊपर से सिर्फ मोटर की सड़क किसी तरह जगह बनाती निकल गई है। कहीं छिटपुट घर सड़क के किनारे सटे हुए बचे हैं। घनी आबादी और दूकानों-होटलों वाली मुख्य बस्ती, उत्तर-पूर्व और पश्चिम में पालदार नावों की तरह फैली हुई पहाड़ियों के बीच के चौरस इलाके में है। बिखरी हुई आबादी और दफ्तरों की दुनिया तीनों ओर की खूबसूरत पहाड़ियों पर ही बसी हुई है। घरों के बीच में अच्छा-खासा अन्तराल है और पहाड़ियों पर पतली-संकरी सड़के, मुख्य शहर की ओर पतली जलधाराओं की तरह बहती हुई-सी निकल गई हैं।

आज भी काफी देर के बाद आंख लगी थी। वह उठा, सवा आठ बज चुके थे। खिड़की खोलने पर उसने पाया, बाहर का सब कुछ घने कोहरे में डूबा है।

खिड़की के समीप के पौधों और वृक्षों के पास का पूरा परिवेश आसमान में बदल चुका-सा लग रहा था। उसे चाय पीने की इच्छा हुई। उठने के साथ ही अपने सारे अस्तित्व में कोहरे की तरह भरी हुई नींद विलीन हो जाती है और रिक्तता हावी होने लगती है। अपने एकान्त और मौन में अपने आपको सहना—इन दिनों इससे कठिन कुछ नहीं।

देर तक कमरे के अंधेरे में टहलते हुए, वह लगातार बेचैनी अनुभव करता रहा। उसने तय करने की कोशिश की कि अपनी 'डायरी' को कमरे में इस तरह खुली छोड़ जाए कि श्रीमती मैठाणी उसे देखें और पढ़े। विफलता और हास्यास्पदता के इस अस्तित्वग्रासी अंधेरे में इस महिला की करुणा के अतिरिक्त और कुछ भी तो ऐसा नहीं रह गया है, जिसमें आलोक की गुंजाइश हो।

आईने में अपने प्रतिबिम्ब को देख उसे हताशा घेर लेती है, मगर कोहरे में से गुजरते अपने सम्पूर्ण अस्तित्व को अनुभव करने की-सी तरलता बनी रहती है।

ओकवुड रेंज की ओर से शहर की दिशा की ओर हाथों से संवारी गई-सी इस ढलान को पार करने में उसे परिश्रम नहीं करना पड़ा है। शहर के इस अपेक्षाकृत समतल हिस्से तक वह नदी में बहता हुआ-सा आ पहुंचा है। ओकवुड कॉटेज वापस पहुंचने पर, अपनी 'डायरी' में वह अपने इस अनुभव को कविता के रूप में लिखने की कोशिश करेगा।

सहसा उसे याद आया कि वह ओकवुड कॉटेज में नहीं, होटल के सामने है और उसने अपने चेहरे पर मफलर को थोड़ा-सा और कस लिया।

होटल के बाहर पड़ी बेंच पर बैठते हुए, उड़ती हुई-सी दृष्टि उसने अपने चारों ओर डाली। वह पंडित को चाय के लिए आवाज देना चाहता था, लेकिन उसे लगा, यहां तक आने में जितने कोहरे को उसने पार किया है, उसकी आवाज उसमें विलीन हो चुकी होगी। वह अभी भी अपने आपमें डूबा ही रह जाता कि उसे कामरेड सूरज की खुरदुरी और तेज आवाज सुनाई दे गई—"कामरेड ठाकुर, बाहर सर्दी में कहां बैठे हो यार, भीतर चले आओ। पंडित, ठाकुर साहब के लिए एक गिलास कड़क तेज चाय...।"

वह भीतर पहुंचा तो उसने नित्य की तरह फिर यही अनुभव किया कि उसकी उपस्थिति ने भीतर बैठे लोगों को चौंकाया है। लोगों के संभलकर बैठने और उत्सुकतापूर्वक देखने की अमूर्त आवाजों को उसने अनुभव किया और उसके चेहरे पर खिसियाहट फैल गई।

"लगता है, प्यारे, रात ठीक से सोए नहीं हो! 'डायरी' लिखते रहे क्या? मुलाकात तो हुई होगी?"—कंधे को दबाते हुए, कामरेड सूरज ने पूछा, तो उसका चेहरा और ज्यादा सख्त हो आया।

वह आवाज खो चुका-सा सिर झुकाए बैठा रहा।

"कामरेड, माफ करना। ये सब बातें यहां पर करना ठीक नहीं। दूसरों का मजाक उड़ाने या स्कैंडलों में दिलचस्पी रखने की सामन्ती मनोवृत्ति में, प्यारे, हमारा पूरा मुल्क जकड़ा हुआ है।"—इस बार कामरेड ने फुसफुसाते हुए कहा—"चलो, यहां से दफ्तर चलते हैं। तुम्हारी कविता का 'प्रूफ' भी दिखा देंगे। और 'डायरी' कब तक

दे रहे हो? खैर, ये बातें वहीं होंगी। पंडित, जरा चाय जल्दी देना। कड़क तेज...”

चाय पीकर दोनों उठे तो उसे लगा—लोग उसके साथ-साथ अपनी-अपनी जगह पर थोड़ा-सा उचके हैं। कुल पांच-सात लोग आपस में बिखरे हुए-से बैठे थे, लेकिन उसे लगा, हजारों की भीड़ को चीरते बाहर निकलना पड़ रहा है।

‘क्रान्तिकारी उत्तरांचल’ का दफ्तर, प्रेस और कामरेड सूरज का रहना—सब कुछ सिर्फ दो कमरों के छोटे-से मकान में है। बाहर छोटा-सा आंगन है, उसके किनारे आलूबुखारे के सर्वहारा पौधे खड़े हैं और उन्हीं में से एक पर ‘साइनबोर्ड’ ठोंक दिया गया है—‘जनवादी चेतना का अग्रदूत क्रान्तिकारी उत्तरांचल’। प्रतीक-चिह्न के रूप में गहरे लाल रंग में मशाल भी बनी है।

“बाहर बड़ी ठंड है, भीतर बैठेंगे।” कहते हुए जाते-जाते कामरेड सूरज ने साइनबोर्ड की ओर संकेत किया—“हिन्दुस्तान के लोगों की जिन्दगी में अभी ‘कम्युनिज्म’ इसी स्थिति में है—आलूबुखारे के पेड़ पर टंगे हुए लाल ‘साइनबोर्ड’ की शक्ल में।”

इस सख्त और बक बकिया आदमी से उसे खीझ ही होती है और ऊब, लेकिन इतना वह जरूर अनुभव करता है कि उसकी विक्षुब्धता और बौखलाहट का मजाक उड़ाने की क्रूरता उसमें नहीं है। हां, यह आदमी हमेशा तार्किकों की तरह पेश आता है। और हावी होने की कोशिश करता है। उसने तय किया, कुछ देर बैठेगा।

“आप काफी ईमानदार माने जाते हैं, और उतनी ही सख्त बातें कहने की कोशिश करते हैं, कामरेड! लेकिन आदमी को समझने का आपका पूरा नजरिया किताबी कीड़ों की तरह का है। मैं आपके साथ बैठना, बातें करना चाहता हूं, लेकिन मैं समझ नहीं पाता कि हम दोनों के बीच की बातचीत में कोई संगति हो सकती है।”

“क्यों, भई?”

“क्योंकि लेनिन और स्त्री में बहुत बड़ा फर्क है। लाल किताब और

स्त्री के जिस्म में बहुत गहरा फासला है और इसीलिए दोनों के नतीजे भी अलग-अलग हैं। मैंने भी थोड़ा-बहुत 'लिट्रेचर' पढ़ा है, इतिहास और समाजशास्त्र भी। आप रोटीरोजी के सवाल और प्रेम-जैसी कोमल चीज को जिस तरह एक साथ गड्डु-मड्डु करने की कोशिश करते हैं..."

"वाह प्यारे, आज तो अच्छे 'मूड' में दिख रहे हो? पहले या तो तुम पंडिताऊ भाषा इस्तेमाल करने लगते थे, या ठस्स फौजी जबान कि 'देखिए मिस्टर, अपन मिलिट्री माइंडेड हैं और 'डू ऑर डाई' में विश्वास रखते हैं...।' और या 'स्त्री का सौन्दर्य पुरुष के संपूर्ण अस्तित्व को किसी अमूर्त अजगर की तरह जकड़ता है और जब जकड़ छूटती है, आदमी को खोखला कर चुकी होती है।'...प्यारे, तुमने कामरेड शब्द को उसकी पूरी अहमियत में देखना नहीं सीखा है। औरत को सामन्तवादी और बुर्ज्वा भावुकताओं में देखने की मनोवृत्ति अदमी को एक खास तरह के अहंकार में जीने का आदी बना देती है और जब उसका खब्त उतरता है, तो वह या तो गालियां बकता है या झूठे दार्शनिक लहजे में अपने प्रेम की उन ऊंचाइयों को बखानने की कोशिश करता है, जिनपर से वह खुद मुंह के बल लुढ़क चुका होता है।"

कुछ देर दोनों के बीच सिर्फ स्टोव जलाए जाने की प्रक्रिया सन्नाटे को चीरते पक्षी के पंखों की-सी गतिशीलता का अहसास कराती रही। जस्ते की केतली में चाय का पानी चढ़ाते हुए, कामरेड सूरज ने अपनी बुझी हुई बीड़ी को स्टोव की लपट से ही सुलगा लिया और कुछ क्षण चुपचाप कश खींचते और चुटकी बजाकर राख झाड़ते रहे। फिर काफी गम्भीर होकर बोले—"तुम्हें यह भी पता है कामरेड, कि कभी हम पर भी बीत चुकी है? मैं समझता हूं, इस तरह का वक्त हर आदमी पर पड़ता है। सवाल सिर्फ यह है कि इसे कौन किस तरह लेता है। जिस तरह तुमने लिया है, मैं फिर इसे खालिस बेवकूफी ही कहने की इजाजत चाहूंगा। इस बात में कोई तुक नहीं है कि आपकी प्रेमिका शादीशुदा औरत हो जाए, तो आप इस वस्तविकता को चुपचाप बर्दाश्त कर लेने की जगह—कि उसने आपको अपने लिए नालायक समझकर छोड़ दिया—आप

सरे बाजार उसके पति का गला पकड़ लें। अपनी मिलिट्री-मार्का जिस्मानी ताकत के बूते पर उसे जलील करने की या उसे मारने-पीटने की कशिश करें।"

कामरेड सूरज के झिड़कने में उसने अनुभव किया, सख्ती के बावजूद, एक अदृश्य आत्मीयता है। जब कामरेड सूरज आवेग में बोलते हैं, तो उनके सूखे-से चेहरे पर एक खास तरह की चमक आ जाती है।

वह उंगलियों को आपस में फंसाकर चटकाने के बाद कुछ कहना ही चाहता था कि कामरेड सूरज ने टोक दिया—"लेट मी फिनिश माइ से। बात यह है, प्यारे, कि इधर के चन्द दिन मैंने तुम्हारे दीवानेपन की 'प्रूफरीडिंग' में बिताए हैं और मैं जनाब को यह बताना चाहता हूं कि जिस आदमी में अपनी प्रेमिका के द्वारा किए गए फैसले को बर्दाश्त करने का बूता नहीं हो—वह प्रेम नहीं, लौंडियाई करता है। जनाब, आप प्रेम करने चलें, तो इस तमीज को गांठ में रखकर चलें कि औरत अपना पंचफैसला हमेशा अपने हाथ में रखती है। और अब अप डॉन क्विक्जोट की तरह एक मायावी संसार की कल्पना करें और उसमें चक्कर काटते रहें—और अपने अलावा हर आदमी आपको गलत, ठूठ और पिटा हुआ लगे, तो इस 'मेन्टल परवर्शन' का कोई इलाज नहीं है।...एक मिनट, आप अपना बयान झाड़े, इससे पहले यह चाय...और देखो दोस्त, यह ध्यान रहे कि हम दोनों के बीच सिर्फ जबानी महाभारत होगा, प्रोक्के!"

शेखर इस आशंका में था कि कहीं बातों-बातों में कामरेड सूरज का संतुलन गड़बड़ा न जाए और यह भी वास्तविकता है। कि अपने किए हुए के प्रति उपदेशकों की-सी आक्रामक मुद्राएं उससे बर्दाश्त नहीं हो पातीं।

चाय का गिलास आगे बढ़ाते हुए, कामरेड ने बच्चों कीसी शरारत के साथ हंसने की कोशिश की, तो वह खुद हंस पड़ा।

एक-दो घंट भरने के बाद, वह बोला, "मैं आपको लड़ाकू फितरत का आदमी लगता है?"

"नहीं, मैं सिर्फ मजाक कर रहा था, हालांकि वारदात के बाद

लोगों में तुम्हारी 'इमेज' यही है। तुम्हारी जानकारी के लिए मैं यह बता दूं कि अकेले में मैं तुमसे उलझ रहा हूं, लेकिन तमाशबीनों में हमेशा तुम्हें 'फेवर' करता हूं।"

"मुझे इस बात का अहसास है। मैं आपको शायद यह समझा नहीं पाऊंगा कि अपने हत्यारे से लड़ना लड़ाकू होना नहीं है। शायद, उस दिन मैं उसे जान से मार डालता, लेकिन यह हुआ। अचानक मेरे भीतर यह विचार आया कि इसके बाद मेरी 'इमेज' क्या बनेगी। सिर्फ एक हत्यारे की।...और मेरे हाथ ढीले पड़ गए। मैं प्रोफेसर तिवारी को सिर्फ चन्द थप्पड़ मारकर रह गया। यू बिलीव मी कामरेड! तिवारी की आंखों में भय और चेहरे पर बदहवासी देखकर मुझे खुशी नहीं हुई। मैंने महसूस किया कि यह गलत हो गया है। अगर मीना को मैं झापड़ मार देता, तब शायद मुझे इतना बुरा नहीं लगता। लोगों ने सिर्फ अफवाह फैलाई थी लेकिन अब ठंडे दिमाग से सोचने पर मुझे भी लगता है कि मैं कत्ल कर सकता था। कभी-कभी बात हमारे बर्दाश्त कर सकने की हद से बाहर निकल जाती है। और मुझे इस बात का मलाल रह गया है कि उस वक्त मेरे पास छुरा नहीं था। उसे थप्पड़ मारना बेवकूफी थी। इस बात ने मेरी तकलीफ को बढ़ाया है। मुझे उसे जान से ही मारना चाहिए था। मैं फिर कभी आपको बताऊंगा, कामरेड, कि इस चोटी लड़की के प्रेम में लद्दाख की बर्फ में मैंने किस तरह अपने को गलाया है और पागलपन का 'सर्टिफिकेट' हासिल करने के लिए मैंने क्या-क्या 'टॉर्चर' बर्दाश्त किए हैं, ताकि फौज की नौकरी से छुट्टी मिल जाए और मैं इस के करीब पहुंच सकें।...लेकिन अब सब कुछ बेमानी हो चुका है। मैं बहुत गहराई से इस बात को महसूस कर रहा हूं कि या तो हत्या और या आत्महत्या–नहीं, इसके अलावा और कोई चीज मेरा फैसला नहीं कर सकती।...बस, इतना जरूर है कि कहीं भीतर यह प्यास न जाने क्यों लगातार महसूस होती है कि किसी को यह यकीन दिला सकूं कि मेरा हत्या करना भी सिर्फ प्रेम करना होगा। हां, थोड़ा-सा वक्त मुझे जरूर चाहिए। मैं पहले यह फैसला करना चाहता हूं कि ठीक क्या होगा। सुसाइड कर लेना या...।"

आवेश में जकड़ती चली गई आंखों में एकाएक आंसू भर आए और वह फफक-फफककर रोने लगा, तो कामरेड ने उसे संभालने की कोशिश में कहा, "शेखर, तुम कुछ दिनों के लिए अपने घर क्यों नहीं चले जाते? जब तुम खुद महसूस कर रहे हो कि तुम्हें सोचने के लिए वक्त चाहिए—तुम कुछ दिनों को घर वापस चले जाओ। फादर तो तुम्हारे शायद अब रहे नहीं।...लेकिन मां है, भाई-भाभियां वगैरह हैं। परिवार के बीच रहकर शायद कुछ सही बातें सोचने का... ।"

"नहीं, सूरज भाई! बन्दे ने इस गुंजाइश पर भी गौर करके देख लिया है। भाई-भाभियों के बीच में अगर अपनी हकीकतों को उघाड़ूगा, तो हास्यास्पदता के अलावा कुछ हाथ नहीं लगेगा। रह गई मां—जो हालत मेरे दिमाग की है, मैं उसे 'फेस' नहीं कर सकता। आपने जिक्र छेड़ दिया है, तो यह बात याद आ गई। जिस दिन पन्त मार्केट वाला कांड मुझसे हो गया, लगभग सुबह होते वक्त आंख लगी होगी। मैंने सपने में देखा कि मुझे फांसी-घर में खड़ा किया गया है और मां को अपनी अंतिम इच्छा के रूप में मैंने वहां बुलाया है...लेकिन धीरे-धीरे उसके चेहरे पर की झुरियां गायब होने लगती हैं और मेरे सामने वही धोखेबाज औरत खड़ी होती है।"

वह अपने प्रवेश की अवरुद्धता में चुप हो गया तो कामरेड सूरज ने इतमीनान के साथ मुस्कराने की चेष्टा की—"दर-असल तुम में बलिदानी मूड सवार हो गया है और तुम अपनी प्रेमिका को दिखाना चाहते हो कि प्रेम सिर्फ गृहस्थी संभालकर बच्चे पैदा करने की ही नहीं, बल्कि बलिदान की भी चीज है। तुम उसकी नजर में अपने-आपको फरहाद सिद्ध करना चाहते हो।...लेकिन दोस्त, जब कोई औरत प्रेम करने के बाद तोते की तरह आंख फेर लेती है, तो फिर उसे समझाने की कोशिश करना कोयले को घिसकर सफेद लकीर खींचने की कोशिश करना है।"

कामरेड कुछ और कहते कि इतने में बाहर से दस्तक पड़ी और मदन भीतर आ गया-"साहब, हिमांचल मिष्टान्न भंडार का इश्तहार ले आया हूं।"

कामरेड जब तक यह तय करते कि मदन इश्तहार रखकर चले

जाने को कहें, शेखर एकाएक उठ खड़ा हुआ—"सूरज भाई, इस वक्त चलूगा। अब शाम को मुलाकात होगी। मम्मी मेरा इन्तजार करती होंगी। खाने की मेज पर कुहनियां टेके बैठी होंगी।"

मदन शेखर की उपस्थिति देखते ही अपने-आप में कुछ ठिठक-सा गया था। कामरेड सूरज ने उसे झिड़क दिया—"तू स्साला भी ऐन वक्त पर आ टपकता है। जा, उधर मेज के ऊपर पेपरवेट से दबाकर रख दे और फूट जा!"

कुछ, खिसियाये हुए-से मदन को हड़बड़ी में बाहर निकलते देखकर कामरेड सूरज के होंठों पर हलकी सी मुस्कराहट खिंच गई—स्साले को यह भी याद आ गया होगा कि पिछले वक्त इसी तरह अचानक तब कमरे में चला आया था, जब सरस्वती माता मुझसे बातें कर रही थी।

कामरेड सूरज 'सी-अफ' करने की-सी संजीदगी के साथ बाहर तक चले आए और अपने आपको समेटकर, तेजी से ओक–वुड रेंज' की तरफ जाते शेखर को बड़ी देर तक देखते रहे।

तीन

कुंवर अहिपाल सिंह की कार जिस वक्त शहर पहुंची, रात गहरी होने लगी थी और सन्नाटा बढ़ने लगा था। उनकी आंखें किंचित् ऊपर उठीं और उन्होंने देखा होटल विश्रान्त अपने आस-पास के पोलों पर जलते बल्बों की रोशनी में धुंधला-धुंधला दिखाई दे रहा है, जैसे होटल का खूबसूरत दो-मजिला भवन अपना साया छोड़कर, कहीं अन्यत्र गायब हो गया हो। होटल के भीतर रोशनी हो, तो शीशों पर दिखाई देती है।

बिना किसी पूर्व-सूचना के आने के कारण उन्हें किसी की प्रतीक्षा में नहीं रहना था। उन्होंने तय कर लिया कि सीधे 'चंद्रा पैलेस' चलेंगे। रामबहादुर सो भी गया हो, तो हॉर्न सुनते ही उठ खड़ा होगा।...लेकिन कार स्टार्ट करने के साथ-साथ उन्हें लगा कि कोई परिचित स्वर उसके शोर में पानी डाले गए पत्थर की तरह डूब गया है। उन्होंने स्विच ऑफ कर दिया।

अगली खिड़कियों के शीशे ऊपर उठे हुए थे। कार के तीव्र गति से

चलने पर तेज, ठंडी हवा आक्रमण करती थी। शीशे। के पार झांकने पर उन्हें ध्यानसिंह पनवाड़ी की दुकान की अपेक्षाकृत तेज रोशनी में से कोई आदमी हड़बड़ाता अपनी ओर आता दिखाई दिया और जब तक उन्होंने शीशा आधा नीचे गिराया 'जै हिंद सरकार!' की कॉर्निश में झुकी आवाज सुनाई दी।

"जै हिंद, हुजूर!"

"अरे भई, वर्मा! तुम यहां मौजूद हो? मैं तो यही सोच रहा था सर्दी के मौसम में, इतनी रात को तुम शहर की तरफ उतरोगे नहीं। होटल का सन्नाटा तो यहीं दिख गया था।"

"बस, सरकार, यों ही पान खाने चला आया था। हुजूर, सीधे कोठी पर जाएंगे? आपके आने की कोई खबर नहीं थी। हम लोग सोच रहे थे, अब कालेज-बन्दी के बाद इतमीनान में ही सरकार आएंगे। ये तो संजोग की बात है..."

हमने एकाएक तय किया, कालागढ़ वाली सीट का 'रिइलेक्शन' इस बार हम खुद लड़े, तो कोई हर्ज तो है नहीं है। यह बात तुम्हें हम जल्दी में बताए दे रहे हैं, क्योंकि अब शहर वाला मोर्चा तो खुद तुम्हें ही देखना होगा।"

प्रफुल्लता में लोट-पोट दिखने की सी मुद्रा में 'सरकार, यह तो मेरी खुशनसीबी होगी', वाक्य को उन्होंने अभी अपने मस्तिष्क में संगठित किया ही था कि कुंवर अहिपाल सिंह ने कार स्टार्ट करते हुए, अचानक पूछा—"तुम्हारे होटल में तो इस वक्त कुछ बचा होगा नहीं? मैं उम्मीद कर रहा था, सात-साढ़े सात तक यहां पहुंच जाऊंगा। रानीबाग के पास स्टेट मिनिस्टर फाइनेन्स मिल गए। सीताबरन पांडे के मर जाने-से वेकेन्ट हो जाने वाली सीट का चर्चा चल पड़ा। बार-बार वो भी यही जोर देने लगे कि 'इस बार आप खुद ही उम्मीदवार बने। जब आपका आदमी जीत सकता है, तो आपके सामने कोई समस्या ही नहीं आनी है।' मंत्रीजी बतला रहे थे कि सी० बी० साहब भी यही चाहते हैं। देश के हालात अब खास तौर से इस 'चाइनीज एग्रेशन' के बाद, जिस तरह के मोड़ ले रहे हैं और मदद करने के बाद, अब रशियन लॉबी जिस तरह से यहां पावर में आ रही है

और आएगी-राजनीति से कटे रहना धीरे-धीरे वक्त से कट जाना होगा। देख लेना, इस लड़ाई के बाद देश के इकनामिकल कंस्ट्रक्शन में भी बहुत हेरफेर हो जाएगा और सरकार के पंजे दिन-ब-दिन फैलते ही जाएंगे।"

वर्मा अपनी प्रफुल्लता में अटककर रह गए थे। कुंवर साहब की धाराप्रवाह बातों के बीच उस वाक्य को कहने की न अब कोई गुंजाइश रह गई थी, न प्रासंगिकता। अव तो सिर्फ इस प्रतीक्षा में थे कि कुंवर साहब थमें, तो बताएं कि 'हुजूर, कुछ अण्डे शायद, बचे हों। राशन वगैरह तो है ही।'

"हां तो मैं कह रहा था कि करीबन डेढ़ घण्टे तक मंत्रीजी से बातचीत होती रही। तुम तो जानते ही हो, जुम्मा-जुम्मा दो साल पहले तक यह आदमी झोला कंधे पर लटकाए टक्करें खाता फिरता था लेकिन राजनीति में मोहरे बदलते क्या वक्त लगता है। पिछले 'जनरल इलेक्शन' में हमने इन्हें अच्छी खासी रकम ही नहीं दी थी, जीप भी दी थी। खैर हमें यह देखकर खुशी हुई कि तोताचश्मी इन्होंने नहीं बरती हमारे साथ। दरअसल हमारी पूरी कोशिश तो यही थी कि सी० बी० साहब को अपने यहां की सीट से लड़वाया जाए। उन्होंने यहां हिल-एरिया से ही लड़ने का फैसला कर लिया, तो हमारा सारा उत्साह खत्म हो गया। हमने सोचा, प्यादे को ही कुछ आगे बढ़ा दें। सीताबरन का, कांग्रेस से नॉमिनेशन' न हो चुका होता, तो अपने ही क्षेत्र से लड़ा देते। बहरहाल, यहां पर बातें करने का तो वक्त है नहीं। दोपहर बाद ही 'इस्टेट' से निकल आए थे। अब भूख काफी लग आई है।...हमारा इरादा तो रानीबाग से ही वापस लौट जाने का था।"

"तो, सरकार, आप कोठी पर चले। मैं 'एग करी' और कोई एकाध सब्जी-सलाद जो कुछ भी इस वक्त बना सकता हूं, लेकर घण्टे-भर में खिदमत में पेश होता हूं। कुछ 'ड्रिंक' भी लेंगे हुजूर? सर्दी तो इस बार शुरुआत में ही सिर पर चढ़ रही है।..."

नहीं।...लेकिन, वर्मा, अब इस वक्त होटल में तुम्हारे अलावा तो कोई होगा नहीं? राधेश्याम तो छुट्टी से लौटा नहीं होगा? तुम बहुत परेशानी में पड़ जाओगे। हम सोचते हैं, कुछ 'ड्राई फ्रूट' और नमकीन वहां एलमिरा में पड़े ही होंगे।"

"नहीं, सरकार! इसमें परेशानी की क्या बात है। आप तो जानते हैं, कुकिंग' मेरी हॉबी है। हुजूर थोड़ा आराम करे मैं पहुंचता हूं।"—कहते हुए वर्मा होटल वाली चढ़ाई की ओर जाती सड़क का रुख करना ही चाहते थे कि कुंवर साहब ने कार का पिछला दरवाजा खोल दिया—"अच्छा, आओ। तुम्हें होटल के पास 'ड्राप' करके चला जाऊंगा, खाना खाकर निकले होगे, सांस चढ़ जाएगी।"

"अब सरकार क्यों बेकार में इतनी तकलीफ उठाएंगे," कहते-कहते, वर्मा ने पांव भीतर बढ़ा दिया। वर्मा ने दरवाजा बन्द कर लिया और खिड़की से बाहर पान थूका, तो कंवर साहब को ध्यान आया कि आखिर इस बीच उन्हें शराब की मद्धिम-मद्धिम बू लगातार क्यों अनुभव हो रही थीं। कार कुछ आगे बढ़ी तो कुंवर साहब बोले—"वर्मा, ठंड महसूस हो, तो खिड़की के शीशे चढ़ा लेना।"

मोटर वाली सड़क से अगर जाना हो तो होटल से 'चंद्रा पैलेस' करीब सवा मील की दूरी पर पड़ता है, लेकिन प्रोकवुड काटेज वाले क्षेत्र के नीचे-नीचे से निकली पगडंडी पर होते हुए चार-पांच फलग से ज्यादा दूर नहीं।

खाना 'टिफिन' में रखने के बाद, वर्मा पगडण्डी पर से होते हुए ही चंद्रा पैलेस पहुंचे और खाना शुरू करने से पहले, थोड़ी सी ह्विस्की ले लेने की शुरुआत कुंवर साहब ने की। सामने की अलमारी के कपाट अब बंद थे, मगर वर्मा को उसके भीतर रखी शराब की उपस्थिति सोफे पर महसूस हो रही थी। अब उसकी समझ में आ गया था कि उस वक्त कुंवर साहब ने शालीनतापूर्वक इन्कार क्यों कर दिया। थोड़ा सरूर बढ़ जाने पर नितांत असंग होने की सी मुद्रा में वर्मा बोले—"सरकार, आपके पीछे-पीछे शहर में एक अजीब वारदात हो गई।"

कुवर साहब ने देखा, वर्मा का पूरा चेहरा रोमांचक घटनाओं में रस लेने की पुरानी अभ्यस्तता से भर गया है।

"अच्छा, इतनी रात गए ठंड में नारद पनवाड़ी की दुकान पर इसी वजह से आप मौजूद थे।"—थोड़ा सा मुस्कराते हुए अपनी बात समाप्त करके, कुंवर साहब ने घंट भरी—"किसी ने सुसाइड-बुसाइड

कर लिया, या कोई लड़की औरत भगा ले गया? या किसी होटल-वोटल में अफीम बरामद हो गई? इससे छोटी घटना को तो तुम शायद, वारदात नहीं कहना चाहोगे? और इससे बड़ी कोई वारदात तो इस 'मीडियाकर' शहर में, शायद, अंग्रेजों के जमाने में भी नहीं हुई? बयालिस का मूवमेन्ट भी नारद पनवाड़ी की दुकान पर पान खाता हुआ सा गुजर गया। हकीकत में यह शहर नमकहलाल किस्म का है।"

भगवतशरण वर्मा की यह विशेषता है कि बात को कभी अधबीच में काटते नहीं। इतमीनान से सुनते रहने के बाद, बोले—"सरकार, जाहिरा तौर पर तो इससे भी छोटी वारदात हुई है, मगर उसके चर्चे से पूरा शहर जाम की तरह भरा हुआ है।"

कुंवर साहब के चेहरे पर की त्वचा को प्रश्नचिह्न के आकार में बदलती देखने की कोशिश में वर्मा थोड़ा आगे को झुके। थोड़ा-सा खंखारकर, सधी हुई आवाज में कहते गए—"सरकार, अपने सी० बी० डिग्री कालेज में किसी जमाने में—यही कोई पांचेक साल पहले—राजशेखर ठाकुर नाम का एक लड़का पढ़ा करता था। उसका बाप, अपने जमाने में, उधर रायबरेली प्रतापगढ़ के पास कहीं चवन्नी-भर का जमींदार था—यही सुना है। इसका बड़ा भाई पहले इसी शहर में रहकर, पढ़ चुका है और आजकल शायद, कहीं कानपुर-वानपुर की तरफ पुलिस सर्विस में है। पहले इन लोगों के मामा यहां सर्विस में हुआ करते थे—डिप्टी डाइरेक्टर थे।...लेकिन यह लड़का उनके 'ट्रांसफर' के बाद भी यहीं पढ़ता रहा। बहुत रंगीन किस्म का लड़का यह तब भी हुआ करता था। हालांकि सुना है, पढ़ने-वढ़ने में तेज था और लड़कों के जुलूस-वुलूस निकलवाने-जैसी हरकतें भी करता रहता था...तो मैं हुजूर को बता रहा था..."

वाक्य पूरा करने से पहले ही वर्मा ने अनुभव किया कि कुंवर साहब के ठहाके के साथ ही ह्विस्की के कुछ छींटे उनके मुंह पर भी पड़े हैं और ह्विस्की की मादक गंध नथुनों में भर गई है।

जल्दी-जल्दी बोले—"सरकार, मीना की शादी अपने सी० बी०

कालेज के प्रोफेसर तिवारी से हो गई थी, जो केमिस्ट्री पढ़ाते हैं... कमीनगी की उस लौंडे ने हद कर दी साहब! पंत मार्केट वाले चौराहे के पास बीच बाजार में तिवारीजी का गला पकड़ लिया और कई थप्पड़-घूंसे जड़ दिए। सरासर गुण्डागर्दी है। ऐसे गुण्डा-एलीमेण्ट को शहर में रहने देना बहुत खतरनाक है, साहब! खतरनाक और इस शहर के बाशिन्दों के लिए शर्मनाक।"

"भगवत बाबू, आप बहुत भावुक आदमी हैं। दूसरों के बारे में बताते समय भी ऐसे तैश में आ जाते हैं, जैसे आपके साथ ही वारदात हुई हो। आप जो भाषा बोल रहे हैं, यह नारद पनवाड़ी और शारदा पंडित की दुकानों से फैलती है। आपको याद है, एक बार हमारे बारे में भी उल्टी-सीधी खबरें उड़ा दी गई थीं? और यह कौन-सी बड़ी वारदात हुई कि किसी लड़की के भूतपूर्व प्रेमी ने उसके शौहर का गला पकड़-कर, दो चार-थप्पड़ जड़ दिए...?" गम्भीर होते-होते, कुंवर साहब ने फिर ठहाका लगाया।

"वह रहता कहां है? अपने किसी दोस्त के यहां टिका है। या किसी होटल में? या आपके बेटे..." कुछ क्षणों की चुप्पी के बाद कंवर ने पूछा।

"हुजूर! मिसेज मैठाणी को तो सरकार जानते हैं।"

"अच्छा, उन्होंने ठहरा लिया है अपने साथ। खैर, रहेगा ही कितने दिन। इस शहर के गुरु लोग अगर सर्दियों के बारे में ही बातें करने पर उतर आएं, तो बर्फ बरेली-पीलीभीत में भले ही जा गिरे, यहां हिम्मत नहीं करेगी। अच्छा, अब मैं खाना शुरू करूंगा। आप चलें...या थोड़ी-सी ह्विस्की अगर साथ ले जाना चाहें...मैं बहुत शुक्रगुजार हूं कि इतनी रात गए तुमने इतनी तकलीफ मेरे लिए उठाई।"

"नहीं, सरकार! मेहरबानी है, हुजूर!"—कहते हुए, एक संक्षिप्त-सी प्रफुल्लता वर्मा में आ गई और झुककर नमस्कार करते हुए पीछे हटते चले गए। दरवाजे तक पहुंचे थे कि कुंवर साहब ने पूछ लिया, "इधर मिसेज सक्सेना वगैरह तो नहीं आई थीं, होटल की ओर?"

वर्मा देर तक बैठे रहने के बाद की सुस्ती को झटकते हुए से रुक

गए और दो कदम आगे बढ़कर बोले, "नहीं सरकार हमारे होटल की तरफ तो नहीं आईं। वहां अब कौफी-वौफी तो बनती नहीं। रास्ते में एकाध बार मिली थीं, तो पूछ रही थीं वो लोग कि कुंवर साहब कब तक वापस लौटेंगे?' आप तो इस शहर की रौनक हैं, सरकार!...हां, हुजूर, याद आया"कल वो लोग 'कबाना' में दिखाई पड़ी थीं। मिस पाल भी उन लोगों के साथ ही थीं..."

हालांकि वर्मा जानते थे कि भोजन करते समय कंवर साहब प्रायः किसी दूसरे की उपस्थिति पसन्द नहीं करते, लेकिन उन्हें आशा थी कि गीता पाल का जिक्र आने के बाद, शायद, कुछ देर को रोकना चाहेंगे। उन्हें यह देखकर थोड़ी-सी खिन्नता ही अनुभव हुई कि कुंवर साहब ने धीरे से हाथ उठाकर, उन्हें विदा लेने का संकेत कर दिया है।

चार

'रणजीत विला' लम्बी-सी, दो-मंजिला बिल्डिंग है। ऊपर-नीचे दोनों हिस्सों में, पांच-पांच कमरे हैं। दूर से ही नहीं, पास पहुंचने पर भी 'बोडिग हाउस' जैसा दिखता है। ऊपर की मंजिल में जाने के लिए दोनों कोनों पर लकड़ी की सीढ़ियां लगी हुई हैं, जिनके किनारों पर अक्सर अंगूर और जवाकुसुम की बेलें आपस में मिली-जुली लटकी रहती हैं।

पश्चिम की ओर वाली सीढ़ी से प्रायःसिर्फ गीता पाल के परिचित आते हैं, हालांकि सिर्फ दो कमरे उसके पास हैं। दोनों ही तरफ की सीढ़ियों का ढांचा कुछ ऐसा है कि 'कॉलबेल' की समस्या महसूस नहीं होती। आने वाले के शरीर का दबाव पडते ही सीढ़ियां आवाज देने लगती हैं और कमरे के भीतर बैठे व्यक्ति के लिए प्रायः यह अनुमान लगाना कठिन हो जाता है। कि आने वाला किस ओर के हिस्से में आ रहा है।

गीता पाल नींद टूट चुकने के बाद आलस्य में थी। सीढ़ी चढ़कर, कोई ऊपर की मंजिल में आ रहा है, यह आभास तो हो गया था, लेकिन इतनी सुबह किसी के आने की गुंजाइश नहीं थी। सिर्फ इतना कर लिया कि मुंह ढांपे सोई थी, कम्बल नीचे कमर तक उतार लिया। शरीर की

गठन कुछ ऐसी है कि सीधे सोए रहने पर स्तन अपनी सम्पूर्णता में सुडौल हो आते हैं और किसी भी कारण से, अपनी इस मुद्रा को स्वयं ही अनुभव करना गीता पाल के लिए काफी अर्थपूर्ण होता है। कम्बल हटाने के स्पर्श के साथ-साथ, नितांत अचानक उसे स्मरण हो आया कि कल रात वह बहुत-बहुत देर तक शेखर को लेकर सोचती रही थी।

अपने ही दरवाजे पर दस्तक पाने की कोई सम्भावना न दिखने के कारण, गीता इस प्रतीक्षा में थी कि दूसरी तरफ कोई जाने वाला होगा और जब तक वह उसके सामने का बरामदा पार नहीं कर लेगा, चलने की आहट सुनाई देती रहेगी। अचानक किसी बात का ध्यान आए और उसपर सोचने का मन हो, तो किसी के पांवों की आहट बाधा पहुंचाती है। लेकिन सिर्फ दस्तक ही नहीं, परिचित-सी आवाज भी सुनाई पड़ी, तो गीता ने सजग होने की कोशिश की और लेटे-लेटे ही पुकार लिया—"कौन है?

"अरे, भई, मैं हूं तुम्हारी नानी—शर्मा!" वाक्य शुरू होने के साथ दरवाजा थपथपाने की भी लय थी, जो वाक्य समाप्त हो चुकने पर भी यथावत् रही।

गीता ने जल्दी से अपने-आप को समेटा और दरवाजे के पास आ गई। कुण्डी नीचे गिराना ही चाहती थी कि अचानक पूछ लिया—"आपके साथ कोई और भी है, मिसेज शर्मा?"

"हां, हैं! मिस्टर शेखर हैं!"—इस बार दबाकर बोली गई आवाज में श्रीमती शर्मा ने कहा और एक धीमा ठहाका वातावरण में गूंज गया।

गीता ने तुरत कुण्डी गिरा दी और श्रीमती शर्मा के भीतर पहुंचते ही, दरवाजा जल्दी से बंद कर दिया। नाराजी दिखाती हुई बोली, "आपमें यह बुरी आदत है मिसेज शर्मा, कि लगातार दरवाजा भड़भड़ाती रहती हैं और भीतर वाले को इतना भी वक्त नहीं देती हैं कि वह अपने कपड़े ही ठीक कर ले। पूछ इसलिए लिया था कि कहीं आपके साथ शर्मा साहब न हों।"

"यार, तुम सर्दियों के मौसम में भी इस हालत में सोती हो? शर्मा

जी होते तो उनकी लार टपक पड़ती। हाय, तुम तो इस वक्त रात-भर मर्द के साथ सोकर उठी हुई नायिका-जैसी लग रही हो।" श्रीमती शर्मा शायद, इस बार ठहाका लगाने की जगह मुंह से सीटी की आवाज निकालने की कोशिश करना चाहती थीं, लेकिन गला फंस कर रह गया।

"लगता है, शर्माजी जब तक बाराबंकी वापस नहीं चले जाते, 'ग्लाइकोडिन' आप पर असर करेगा नहीं।"—गीता ने भी मजाक उड़ाने की कोशिश की और खूंटी पर टंगा हुआ शाल उतार कर, आर-पार डाल लिया।

श्रीमती शर्मा चारपाई पर ही बैठ गई थीं। हथेलियों को पट्टे पर टिकाकर, थोड़ा विश्राम कर लेने की मुद्रा में, पीछे को झुकती हुई-सी बोलीं, "भई, तुम और प्रभा हम लोगों की बातों का बुरा न माना करो। तुम दोनों बैचलर' हो और हम लोग कोशिश करती हैं कि कुछ तो 'कम्पेनसेट' किया जा सके और किसी चीज से न सही, बातों से ही सही। यों एक रास्ता सूझता है। मिसेज सक्सेना की तो मैं नहीं जानती लेकिन अगर तुम लोग चाहो, तो अपने शर्माजी को मैं कुछ दिनों के लिए 'क्रेडिट' पर दे सकती हूं।..."–अपना कहना पूरा करते ही श्रीमती शर्मा पूरी तरह लेट गईं और साड़ी का पल्ला खींचकर, गीता को भी चारपाई पर गिरा लिया।

"हां, क्यों नहीं, मिसेज शर्मा!..."यह तो आप तुरंत और बखुशी कर लेंगी—ताकि दो-चार सालों में अगर हम लोग शादीशुदा बनीं, तो अपने-अपने 'हसबैंड' को आपके पास उधार-चुकाई के लिए भेज दें!...हम लोगों से अपने जवान होने की भी कद्र नहीं होती—एक आप हैं, जो बुढ़ापे तक के इंतजाम में लगी रहती हैं!"

मिसेज शर्मा ने चट गीता का बायां कान पकड़ लिया और फिर दोनों बड़ी देर तक हंसती रहीं।

हंसी थमते ही, गीता बोली, "मिसेज शर्मा, इस उम्र में भी जो जोश और हवस आप में है, उसके सामने तो हम 'बैचलर्स' पिद्दी हैं, पिद्दी! शर्माजी की सेहत को देखते हुए तो यही लगता है, अभी आप खुद ही

'डेबिट' में चल रही होंगी!..."खैर, छोडिए ये सब फिजूल बातें। कभी हम लोगों की छात्राएं अगर इस तरह की बातें सुन लें कि उनकी टीचर्स कितनी गंदी-गंदी बातें करती हैं..."

"माफ करना, कुमारी गीता पाल! टीचर हो जाने से 'वूमन स्पाट्स' गायब नहीं हो जाते हैं। बात तो यह है कि कभी-कभी आप दोनों बनती ज्यादा हैं। प्रभा भी बहुत 'प्यूरिटन' दिखने की कोशिश करती हैं, लेकिन जनाब, दाइयों से पेट छिपता होता, तो मुहावरा ही क्यों बनता। अच्छा, तुम्हारे पूछने से पहले ही बता दूं कि अचानक कैसे आ टपकी।...कल बातें करते-करते कुछ ध्यान ही नहीं रहा कि रविवार तो आज ही तशरीफ लाने वाला है। शर्माजी तड़के ही विदा हो गए। उन्हें भुवाली अपने किसी डाक्टर दोस्त से मिलने जाना था। बच्चे तो, तुम जानती ही हो, इस बार यहां आए ही नहीं हैं। सिर्फ हफ्ते-भर के लिए तो शर्माजी आए ही हैं। अब देखो, कल वो भी बाजार से लौटते ही उसी के बारे में पूछने लगे कि शहर में बड़ी चर्चा है। और बुड्ढा, तुम जानती नहीं हो, बहुत शरारती है। कहने लगा कि 'अब तो बाजार घूमते हुए हमें भी डर लगने लगा है कि कहीं कोई हमारा गला पकड़ने वाला भी न निकल आए!'—अरे, भई, हम तो सनातनधर्मी ब्राह्मणों के कुल में उत्पन्न हुए, जहां कन्या अपने पितृकूल में ही रजस्वला हो जाए तो सात पीढ़ियों तक नरक भोगना पड़ता है। उस उम्र में तो लड़कियों को यह भी तमीज नहीं होती कि पुरुषों की दुनिया सिर्फ पिता-ताऊ-चाचा-मामा और भाइयों तक ही सीमित नहीं होती।"

"लेकिन प्रेम की दुनिया में ऐसा कोई नियम तो बना नहीं है कि प्रेमी सिर्फ शादी से पहले ही 'एवेलेबुल' होते हैं, शादी के बाद नहीं। प्रेम की दुनिया में तो शुद्ध 'पर्सनल लॉ' चलता है।...अच्छा, आप कुछ देर लेटी रहें और शर्माजी के इस शुबहे को दूर करने का कोई उपाय निकालने की कोशिश करें। मैं तब तक 'बाथरूम' हो आऊं। लौटकर चाय-नाश्ता कुछ बनाया जाए, बाकी गप्पें तभी होंगी। हाय, साढ़े आठ हो गए हैं। इस शहर में तो सर्दयों में सूरज महाराज भी बड़ी देर तक लिहाफ में घुसे रहते हैं। सर्दियों में तो, साहब, नींद खुलने के बाद का जो आलस होता

है, वह नींद से ज्यादा मजा देता है।"

"यार, कल रात 'रोमियो अफ द सिटी' के खयालों में तो नहीं रहीं? बहुत अगड़ाइयां ले रही हो..."

'धत' कहकर गीता पाल दरवाजा खोलकर, बाहर निकल गई। 'बाथरूम' दूसरे कमरे में थी। दो कमरों के बीच कोई द्वार न होने से, बरामदे में होकर जाना पड़ता था।

शौच और हाथ-मुंह धोने से निबटकर, गीता पाल कमरे में आई और चाय बनाने की तैयारी में दिखी, तो श्रीमती शर्मा उठ खड़ी हुई और बोलीं, "सुनो, यार, चाय-वाय यहां नहीं। अगला सण्डे तो साला सात दिनों बाद पड़ेगा। क्यों न आज ही मिसेज मैठाणी के यहां धावा मारा जाए? तुम तीनों की रिहायश एक तरफ है, इसलिए मैं ही चली आई कि इकट्ठा कर लूंगी। चलो, प्रभा और मिसेज सक्सेना को साथ लेती चलें। चाय बुढ़िया के यहां पी जाए। यों तुम्हें ज्यादा ही इच्छा हो आए तो मिसेज सक्सेना या प्रभा के यहां पी ली जाएगी। मैं तो एक प्याला पीती आई हूं।"

"लगता है आप कुछ ज्यादा ही 'इंटरेस्टड' हो गई हैं।"

"तुम लोगों से ज्यादा नहीं, यार! बस, इतना है, हमसे नाटक नहीं होता।...और यों हालत तो यह है कि सारे शहर में उसकी चर्चा है। लोग ज्यादातर मनगढ़न्त बातों का मजा ले रहे हैं और मेरे जी में आया है कि कुछ हकीकत को भी पाया जाए।"

"लेकिन मिसेज शर्मा, मान लीजिए हम लोग जाएंगी तो सवाल यह है कि सब बातें पूछेंगी किससे? और वह भी तो वहीं मौजूद होगा? कहीं हमी लोगों पर बरस पड़ा तो?...वास्तविकता तो मीना ही बता सकती थी, लेकिन उससे इस सिलसिले में कुछ पूछना जाहिलपना होगा और वह बुरा भी मानेगी।"

"मीना तो अगर बताए भी, उसमें कुछ दम नहीं होगा। औरत होने के नाते, इतना अंदाजा तो हम लोग भी लगा ही सकती हैं कि ऐसी परिस्थिति में औरत कभी सच कहने की बेवकूफी कर ही नहीं सकती।

किसी भी शादीशुदा औरत के लिए अपनी गृहस्थी एक किले की तरह होती है, उसका टूटना उसे ध्वस्त कर देता है।"—श्रीमती शर्मा कुछ गम्भीर हो गई थीं। कुछ क्षण थमकर, बोलीं, "चलो, तुम कपड़े बदल लो। मान लो, मिसेज मैठाणी का रुख बातचीत का नहीं दिखा, तो यों ही औपचारिक किस्म की बातें करके वापस लौट आएंगी। जहां तक उसका सवाल है, मेरा अंदाजा तो यही है, उसे हम लोगों को मिसेज मैठाणी के पास देखते ही, कहीं टहलने-वहलने चल देना चाहिए।... लेकिन गीता, एक बात मेरी समझ में नहीं आ रही है...तुम तो बहुत 'करेजियस' और दमदार औरत मानी जाती हो, आज एकाएक तुम दब्बू औरतों की जैसी बातें क्यों करने लगीं?"

गीता ने अनुभव किया, श्रीमती शर्मा की आंखें काफी तीखी हो आई हैं। आलमारी की तरफ बढ़ती हुई, बोली—"बात दरअसल यह है, मिसेज शर्मा, अपने स्वभाव और अपनी 'रिस्क' के लिए बोल्डनेस' दिखाना अलग बात है, लेकिन जहां किसी दूसरे की जिंदगी 'इन्वाल्व' हो, बचना चाहिए। खासतौर पर 'लव एफेयर्स' में। यह इतना 'कम्लीकेटेड' और नाजुक किस्म का मामला होता है कि इसमें किसी भी पक्ष को छेड़ना, जलती आग में घी डालना है। इस लड़ाई में 'सिसियर पार्टी' ज्यादा मार खाती है।"

"तुम किसी हद तक ठीक कह रही हो, मिल पाल!... और तुम्हारा तो भई, इस क्षेत्र का अपना इतिहास भी है। मैं तो सिर्फ इतना बता दूं कि औरत की 'सिसियारिटी' शादी से पहले बहुत ढलवां किस्म की चीज होती है। उसकी कोई 'रेलीवेस' ही नहीं होती। प्रेम किसी से और शादी किसी से, गह स्थिति कोई इतनी अजूबा नहीं, जितनी वह उल्लू का पट्ठा समझे बैठा है। जिस औरत की शादी हो चुकी हो, उसका मजनू बने फिरना शुद्ध मूर्खता के अलावा और कुछ नहीं। मैं मानती हूं कि वह बहुत ज्यादा 'डिसग्स्टेड' है और 'रिवेंजफुल'।... लेकिन आपके इतना भावुक होने की इसमें क्या बात है? आपस में हम लोग भले ही खुलकर बातें करती हों, लेकिन दूसरों के साथ शिष्टाचार न बरतने का कोई सवाल ही नहीं। हम लोग कोई ऐसी बात

ही नहीं उठाएंगी...

"ऐसा हो नहीं पाता है, मिसेज शर्मा! आदमी अपने स्वभाव से पार नहीं पा सकता। चर्चा छिड़ी और 'मूड' बन गया, तो फिर संयम बरतना मुश्किल हो जाता है।"

"लगता है, तुम सोशल और सेक्सुअल—दोनों तरह की बातों का आखिरी 'कंक्लूजन' एक ही निकालती हो? अरे, भई, हम इस किस्से के 'पर्सनल' मामलों को छुएगे ही नहीं। हम तो सिर्फ इसके सामाजिक पक्ष को लेकर बातें करेंगी। बस! इस तरह के काण्डों का मजा लेने का सही रास्ता यही है कि इन्हें 'सोशल प्राब्लेम' बना दिया जाए।"

गीता ने अनुभव किया कि श्रीमती शर्मा मानसिक रूप से इस प्रसंग को स्थगित करने की स्थिति में हो नहीं पाएंगी। उसने आलमारी खोलकर, साडी, ब्लाउज और शाल निकाल लिया और यह कहती हुई दूसरे कमरे की तरफ निकल गई कि 'अच्छा, आप रुकें। मैं कपड़े बदलकर आती हूं।'

बादल छाए हुए थे। हवा तीखी और तेज न होने से सर्दी कम थी।

दोनों सड़क पर पहुंची और 'ओकवुड काटेज' जाने वाली दिशा में हुईं, तो पाया कि कोहरा भी उसी दिशा में, उत्तर की ओर बढ़ रहा है। कोहरा हालांकि नीचे, गहरी घाटी की ओर से उठता ऊपर आता है, मगर झील के मुहाने तक पहुंच चुकने के बाद ऐसा लगता है, जैसे झील में से ही उदित हो रहा हो।

उन लोगों ने देखा—वह जा रहा था।

उसे 'क्रांतिकारी उत्तरांचल' का पट लगी दिशा में आगे बढ़ते देखकर, दोनों को राहत महसूस हुई और श्रीमती शर्मा ने यह कहते हुए अपनी साड़ी और पेटीकोट को टखनों तक उठा लिया—'चलो, बाघ रास्ते से अलग तो हुआ। कामरेड सूरज के यहां जाता दिखता है। सुना है, उससे बडी घुटती है इसकी।'

"मिसेज शर्मा, आप थोड़ी-सी चढ़ाई आते ही ऐसे चलना शुरू कर देती हैं, जैसे नदी पार कर रही हों।"

"चंद कदमों तक मुझे यही करना होता है।" श्रीमती शर्मा ने कहा

और दायें हाथ को गीता के कंधे की ओर बढ़ाते हुए, बायें हाथ से बदस्तूर साड़ी और पेटीकोट को पकड़े रहीं—"आप जवान हैं मिस पाल, और आपके लिए जल-थल, सब एक है।...मगर एक बात मैं आपसे कह डालना चाहूंगी, यदि आप बुरा न मान जाएगी, इस बात का इतमीनान मुझे हो जाय!"

"खैर आप कहिए तो सही। बुरा न मानने का—यानि बात बुरी लग गई हैं, यह जाहिर न करने का मैं वादा करती हूं आपसे; क्योंकि मैं खूब अच्छी तरह जानती हूं कि मेरे बुरा भान जाने का इतमीनान आपको ज्यादा 'एग्रेसिव' बना सकता है।"

"आपका भाषा—हां, आपकी भाषा में भी इधर धार आती जाती है, मिस पाल!...और यही मैं कहना चाहती हूं कि आप धारा होने लगी हैं।...पिछले हादसे के बाद आप रुका पानी होती चली गई थीं।...अरे, भई, हम लोग घनिष्ट सहेलियां हैं। हमारा चला-फिरा, कहा-सुना सब साथ है। पहले आप वैसी थीं, जैसे फूल खिला हो और हवा में तैर रहा हो। फिर दीपक के 'सुसाइड' कर लेने के बाद कैसी गुमसुम होती गईं।...और मैं देख रही हूं, इधर कुछ दिनों से जैसे जमी बर्फ टूट रही है।"

"आप बहुत दूर तक की कौड़ियां समेटने लगती हैं, मिसेज शर्मा! 'थमा पानी' खूब कहा आपने मुझे। अरे, आप ही लोग तो मुझे 'एडवंचरस लेडी के रूप में बदनाम किए बैठी हैं।"

"लेकिन ये कौन कहता है कि थमी हुई औरतें 'एडवेंचरस' नहीं हो सकतीं? 'बाकिंग डॉग सेलडम बाइट्स' कहा गया है, भिस पाल!"

"मगर मुझे तो आप लोग बातून और 'सोशल' भी मानती हैं?"

"ऐसा है, मिस पाल, मैं जिस्म से जरूर स्थूल हूं, मगर नजर मेरी सूक्ष्म किस्म की है। आप में इधर बदलाव आ रहा है, यह एक हकीकत है।"

"खैर यह वक्त बताएगा। लो, मिसेज सक्सेना दूर से ही नमस्कार कर रही हैं।..." गीता पाल ने कहा और रुख बदल लिया।

मिसेज सक्सेना इस समय मैक्सी में थीं और कैफे चलाने वाली

क्रिस्तान महिला-जैसी बेबाक दिख रही थीं।

मिसेज सक्सेना ने उन दोनों के नमस्कार के जवाब में अपने दोनों हाथ ऐसे जोड़े, जैसे ऊपर तक पहुंचे नमस्कार को 'कैच' कर रही हों।

पांच

श्रीमती सक्सेना और प्रभा ने थोडी अन्यमनस्कता दिखाई 'कि, इस सन्दर्भ को लेकर श्र मती मैठाणी से वार्तालाप करना अनुचित नहीं भी, तो कठिन अवश्य होगा। हालांकि श्रीमती शर्मा के खोदने पर, यह उन्होंने स्वीकार कर लिया कि इस कांड को लेकर फैले कोलाहल की तहों में झांका जाए, यह कौतूहल उनके भी मन में है।

प्रभा के यहां चाय पीने में कुछ वक्त लग गया। इस बीच चारो इस बात पर सहमत हो गईं कि वार्तालाप के बीच असंतुलन या उत्तेजना आने की स्थिति को टाला जाए। यह भी तय हो गया कि अधिकांशतः श्रीमती सक्सेना और श्रीमती शर्मा ही बातचीत करेंगी।

चल पड़ीं और ओकवुड रेंज वाली सड़क पर आ गई, तो लगा—किश्ती हैं, नदी में उतर आई हैं। शेखर को लेकर श्रीमती मैठाणी से वार्ता को निकले होने का अहसास उन चारों में भरा था और ऊपर, चेहरे पर की त्वचा तक छलक आया था।

"वह अभी-अभी नीचे की तरफ उतरा है। शायद, कामरेड के कबाड़खाने की तरफ। श्रीमती मैठाणी के एकांत में होने की गुंजाइश तो है।"—कहते हुए, श्रीमती शर्मा को खुद ही महसूस हो गया कि हांफ चड़ जाने से साफ-साफ बोल नहीं पा रही हैं।

"आज वापसी के बाद, रात किसी वक्त—यानी सोते वक्त मिसेज शर्मा अपना 'ट्रेवेलॉग' जरूर सुनाएंगी।..."

"किसे, मिसेज सक्सेना...?"

"और किसे, शर्माजी को।"

"हां, सुना है, 'लेट एज' में लोग इसी तरह के 'टॉनिक्स इस्तेमाल

करने लगते हैं।"

"ओफ, मिस प्रभा, आप बख्शती नहीं हैं।"

"खूब, मिसेज सक्सेना, आप बात उगलवाती भी हैं और बनती भी हैं।"

"सुना है, शहर में, राजा साहब भी आए हैं!"

हालांकि साफ था कि चढ़ाई चढ़ते में थक चुकी हैं और सांस भारी चलने लगी, मगर इस बात को श्रीमती शर्मा ने—हालांकि एकाएक—इतने मनोयोग और एकाग्रता के साथ कहा कि सचमुच उन दोनों का चेहरा पिन चुभोया-सा हो आया।

स्पष्ट था कि कुंवर अहिपालसिंह ने नजदीकीपन होने की तरफ संकेत कर रही थीं मिसेज शर्मा। दोनों ही तय नहीं कर पाईं कि श्रीमती सक्सेना ने पत्ता जड़ दिया–"हाय, मिसेज शर्मा, राजा साहब के शहर में होने की सूचना पहले आपको कैसे?"

दोनों ही समझ गईं, नाराजगी दिखाने का मतलब अपने को कमजोर करना होगा।

प्रभा ने पहल की—"मिसेज सक्सेना, श्रीमती शर्मा सौ, दो सौ वर्ग मीटर की 'मिनी-रेस' वाली महिला नहीं है—'मैराथन-रेस' की धावक हैं। लम्बी दौड़ में आखिर-आखिर में ये ही 'फर्स्ट' आएंगी!"

"हम टीचर्स में यही बात खराब होती है, मिस जायसवाल, कि जो 'सब्जेक्ट्स' पढ़ाती हैं, वही 'लैंग्वेज' इस्तेमाल करने लगती हैं।... हालांकि आप जिस्म से भी लगती हैं, मगर कोई आपको सिर्फ बोलते सुन ले, तो बता सकता है कि आप 'स्पोर्ट्स टीचर' होंगी!"

कहने के बाद, गीता पाल हंसी भी, मगर महसूस हुआ कि कुंवर अहिपालसिंह को लेकर अनुभव हो रही किंकर्तव्यविमूढ़ता से उबरने की कोशिश में किया हुआ यह मजाक टल्ला बनकर रह गया है। उसे इस बात पर कुछ विस्मय भी था कि कुंवर साहब शहर में हैं, और उसे या मिस जायसवाल को खबर नहीं, जो कि उनके 'निकट' समझी जाती हैं।

इस वक्त इस प्रसंग को वार्ता का केन्द्र बनने देना ठीक नहीं, यह सोचते हुए, गीता मिस जायसवाल का हाथ थामती, चुपचाप आगे

चलती गई।

जब वे लोग 'ओकवुड काटेज' पहुंचीं, सूर्य की किरणें कोहरे से ढंके हुए वातावरण में एक शब्दातीत सौन्दर्य उत्पन्न कर रही थीं। जैसे आंखों की पहुंच तक का सारा वनस्पति-जगत किसी परीलोक के से मायावीपन में डुबा हो। शहर की ओर देखने पर लगता था, समुद्र है। पर्वतों की तरह ऊंचा होकर, अपने-अप में थमा हुआ धंध-भरा सागर। पगडण्डी पर की पत्तियां अभी ओस से गीली थीं और चलते हुए अपने आस-पास एक आकारहीन आर्द्रता होती रही थी। इस बात की अनुभूति अब चलना थम चुकने पर ज्यादा हो रही थी।

बरामदे से लगे छोटे-से खेत को, जिसमें फलों के वृक्षों के बीच-बीच की जगह में शरदकालीन सब्जियां बो दी गई थीं, पार करते ही चारों को दिखाई दिया कि छोटी-सी मेज पर अखबार फैलाए वही वैठा है और श्रीमती मैठाणी तौलिये तार पर फैला रही हैं।

उन चारों को ही विस्मय था कि आखिर वह उन लोगों से भी पहले कब और किस रास्ते से यहां पहुंच गया। वह, इस वक्त, किसी जासूसी उपन्यास के नायक की-सी मौजूदगी का अहसास करा रहा था। कोशिश करके, उसकी ओर से आंखें हटाकर, उन लोगों ने काफी आदर प्रदर्शित करते हुए श्रीमती मैठाणी को नमस्कार किया और अपने भीतर इस प्रतीक्षा से भर गईं कि श्रीमती मैठाणी बैठने को कहें।

श्रीमती मैठाणी के चेहरे और आंखों में, उन्होंने देखा, आकस्मिकता में धंस जाने की सी मुद्रा क्षण-भर को उभरी, लेकिन दूसरे ही क्षण उनका चेहरा अभिवादन की चमक से सामान्य हो गया—"अरे, आप लोग इतनी सुबह-सुबह...यहां? ठहरिए, मैं दरी ले आऊं। बेंच पर बैठने में आप लोगों को असुविधा होगी। कुसियां कुछ टूट गई हैं, पर्याप्त नहीं होंगी..."

"आप कष्ट क्यों करेंगी, हम लोग यहीं जमीन पर ही बैठ जाएं, तो हर्ज क्या है। कितने साफ धुले हुए-से पत्थर तो हैं..." श्रीमती सक्सेना ने कहा। और अनुभव किया कि पीठ-पीछे किसी के उठने की सी आहट हुई है और शायद, चल पड़ने की भी, लेकिन मुड़कर

देखना शिष्टाचार के विरुद्ध लगा।

श्रीमती मैठाणी कमरे के भीतर पहुंच गई, तो चारों ने एक साथ मुड़कर देखा कि वह मफलर लपेटता, बाड़े को पार कर रहा है।

श्रीमती मैठाणी के दरी ले आने से पहले ही, चारों सावधानता से लौट आईं। अपने भीतर की विचलितता ने उन सभी को एक विचित्र-सी सावधानी में जकड़ लिया है, ऐसा उन सभी को साफ-साफ अनुभव हो रहा था। श्रीमती मैठाणी के हाथों से दरी लेकर, चारों बैठ चुकीं, तो एक-दूसरे की ओर देखते हुए प्रत्येक ने लगभग एक-सी मुस्कुराहट को अपने में महसूस किया और चौकन्नेपन से उसे ढांक लिया।

इसी बीच बाड़ा समाप्त होने पर पड़ने वाले फाटक के खुलने और बन्द होने की आवाज सुनाई दे गई।

"हम लोगों को टॉप की तरफ गए काफी वक्त हो गया। खास तौर से श्रीमती शर्मा ने देखा नहीं है और चाहती थीं, हालांकि इन्हें कुछ दिनों से खांसी की शिकायत है और सांस चढ़ जाती है...हमने सोचा, रास्ते में आप से मिलती हुई निकल जाएं...'—श्रीमती सक्सेना वातलिप के लिए, और अपने आ चुकने का संदर्भ गढ़ने की कोशिश में, सहज-सी भूमिका बनाना चाहती थीं कि श्रीमती मैठाणी से चेहरे पर गहरी होती जाती मुस्कराहट को देखकर, आगे की बातें उनके हलक में ही अटक गईं।

"अरे, भाई! आप सभी लोगों से मैं परिचित हूं। इसमें किसी तरह की परेशानी दिखाने की क्या बात है। और मिसेज शम कोई नई-नई तो आई नहीं हैं—अब तो इन्हें चार-पांच महीने होते होंगे। लेकिन आप लोग अपने साथ कुछ खाने-पीने का सामान लेकर नहीं चलीं घर से? मैं समझती हूं, जहां श्रीमती शर्मा रहती हैं वहांसे भोजन करके इतनी सुबह-सुबह कम-से-कम इस जगह तो कोई नहीं पहुंच सकता...और माफ करें, श्रीमती शर्मा भोजन करने के बाद टॉप की चढ़ाई बर्दाश्त कर सकती हैं, इसकी गुंजाइश मुझे दिखती नहीं।"—श्रीमती मैठाणी के होठों पर आत्मीयता-भरा व्यंग्य फैलता जा रहा था—"अच्छा, ऐसा करें, आप लोगों को अगर टॉप की सैर करनी ही है, तो पहले आप

लोग वहां हो आएं। लौटते हुए मेरे पास आएं, मैं आप लोगों के लिए कुछ खाने-पीने का प्रबंध किए रहूंगी।...या इस वक्त चाय पीकर जाना पसंद करेंगी...?"

चारों ने अनुभव किया कि 'जी, जी, बात दरअसल यह है'—जैसा कोई कोई वाक्य उनके हलक से टकराकर रह गया है।

"जी, बात यह है, यही सोचकर हम लोग कुछ साथ लाई नहीं कि बारह, साढ़े बारह तक तो वापस लौट ही आएंगी। मिसेज सक्सेना अपनी नौकरानी से कहती आई हैं। हम लोगों के लौटने तक वह सब के लिए भोजन बनाए रहेंगी।...पानी अगर हो तो थोड़ा-सा पीना चाहूंगी।"...कहने को तो कह गई गीता पाल, लेकिन स्वयं उसे लगा कि बात रेत की तरह हवा में बिखर गई है।

"देखिए, अब आप लोग अगर बहुत नाटक करती रहेंगी, तो मैं नमस्कार करके बिदा देने को लाचार हो जाऊंगी। अपने से बड़ी उम्र वालों के सामने बोला गया झूठ मुट्ठी में बंद किए गए पानी की तरह बहने लगता है। जितनी देर में आप लोगों ने मुझे नमस्कार कहने के लिए हाथ उठाए, उतने में ही मैंने जान लिया कि आप लोग राजशेखर के किस्से में जरूरत से ज्यादा दिलचस्पी की मारी हुई चली आ रही हैं!"

अपनी बात पूरी करके, श्रीमती मैठाणी ने उन लोगों की ओर जिस तरह एकटक देखा, चारों सकपका गईं। उन्होंने अनुभव किया, श्रीमती मैठाणी के मुंह पर हल्की-सी नाराजी और शरारत के साथ-साथ, उन लोगों के आ जाने का बुरा न मानने का आश्वासन भी है।

वे चारों, कुछ कहने की कोशिश में दिखती हुई भी, चुप ही थीं। श्रीमती मैठाणी आत्मीयतापूर्वक यह कहती हुई मुड़ गईं, रसोईघर की तरफ, कि—'पहले आप लोगों के लिए चाय बनाई जाए। सदियों के मौसम में तो बिना चाय के बात करना बेवकूफी है।'

चिड़ियों का एक झुंड उड़ता हुआ आया और बाड़े के किनारे पर से नीचे को झुके हुए पेड़ की टहनियों पर बैठ गया। उनके चीं-चीं करते हुए आने और पेड़ पर बैठने की तैयारी में थमते हुए से उड़ने

की आवाजें बीत चुकने पर, उन सभी ने अनुभव किया कि एक गहरी खिसियाहट के बाद, अब एक राहत-सी महसूस हो रही है।

हालांकि श्रीमती मैठाणी चाय पी चुकी थीं, लेकिन आग्रह करने पर उन्होंने अपने लिए भी प्याली उठा ली। दो घूंट भरकर किंचित् अवसाद-भरे स्वर में बोलीं, "आप लोगों के आने से सिर्फ एक ही बात बुरी हुई है। राजशेखर उठकर, चला गया है। मेरा अंदाजा है, चाय भी वह ठीक से नहीं पी पाया होगा। अभी-अभी तो वह बाजार से लौटकर आया ही था। अखबार पढ़ने का बहुत शौकीन है।"

"हम लोग माफी चाहती हैं...लेकिन आप विश्वास करें, हम लोगों के मन में किसी प्रकार की दुर्भावना नहीं। न हम लोग किसी तरह के गलत इरादे में आई हैं। हां, इतना हम लोगों को स्वीकार कर लेना चाहिए कि सचमुच बहुत गहरी और रोमांचक किस्म की उत्सुकता हम सभी में थी और है।"—श्रीमती सक्सेना, इस बार, काफी संतुलित स्वर में बोलीं—"अफवाहें और 'अनकन्सर्न्ड' लोगों से सुनी-सुनाई बातें यों ही मजा लेने के लिए तो काफी होती हैं, लेकिन इनसे किसी तरह का सुकून मिलता नहीं। इस शहर में तो यों भी 'स्कैण्डलस' किस्म के लोगों की कमी नहीं और फिर अब तो वास्तव में काफी संजीदा घटना लोगों के हाथ लग गई है।"

"आदमी की जिंदगी उतनी सनसनीखेज होती नहीं, जितनी लोग बना देते हैं , मिसेज सक्सेना! अपनी खुद की जहालत और जंगलीपन से पीड़ित या ठूंठ जिंदगी से ऊबे लोगों के हाथ जब दूसरों की जिंदगी लग जाती है, तो वो फ़ुटबाल की तरह खेलते हैं।...और माफ कीजिएगा, जिस बात से किसी होनहार आदमी का भविष्य बंधा हो, उसका जीवन-मरण निर्भर हो—उसका सिर्फ तमाशबीन होना, कहीं-न-कहीं निहायत गलत होना है। राजशेखर कल रात जिक्र कर रहा था कि जब वह अपने ही दुख और गर्दिश में डूबा सड़कों पर गुजरता है—सुना है, आप लोग उस पर फब्तियां कसती हैं?"

अपनी बात पूरी करके, शरारत-भरी मुस्कुराहट के साथ, श्रीमती मैठाणी ने देखा, तो फिर चारों बुरी तरह झेंप गईं और कुछ कह पाना उनके लिए कठिन हो गया।

"मैं, विश्वास कीजिए, आप लोगों को लांछित नहीं करना चाहती। राजशेखर में, उसकी बावलेपन से भरी हुई जिंदगी में रुचि लेने लगना, किसी के भी लिए बिल्कुल-बिल्कुल स्वाभाविक है, लेकिन सिर्फ स्वाभाविक, उचित नहीं। खास तौर से मेरे लिए राजशेखर की जिंदगी बहुत अहमियत रखती है।... हालांकि मैं आशा करती हूं और ईश्वर से प्रार्थना भी कि वह संभलेगा और उबरेगा और इस हद तक नहीं आगे बढ़ेगा कि वापस लौटने की गुंजाइश न रहे।...मगर मैं फिर भी डरती हूं। लोगों से, उनकी लापरवाही और 'इनह्यूमैनिटी' से, जो बाहर से सामाजिक हलचल दिखते हुए भी, अपने-आप में निहायत 'पर्सनल' और अमूर्त होती है। आप लोगों के लिए यह कल्पना करना क्या कठिन हो सकता है कि इस तरह की बातों का किसी अपने ही दुःख में डूबे हुए व्यक्ति पर क्या असर हो सकता है? अपनी मां, अपने परिवार और दोस्तों से दूर के इस शहर में अकेला विश्वासघात से टूटा हुआ कोई आदमी—क्या बीतती होगी उस पर? खा रहा होता है, और मैं कहती हूं कि राजशेखर, रोटी और लेगा? तो ऐसे चौंक उठता है, जैसे सपने से जागा हो। सोता होता है कि अचानक जाग उटता है और मैं कमरे के अंधेरे में भी उसके आंसुओं को देख सकती हूं।..."

श्रीमती मैठाणी की आंखें भर आई थीं। आसू पोछने के लिए, उन्होंने अपना चश्मा आंखों पर से ऊपर उठाया और मुस्कुराने की कोशिश करने लगीं—"मुझे शायद इतना भावुक नहीं हो जाना चाहिए।...और आप लोगों के सामने ...शहर में यों ही मेरे लिए अफवाहें कम नहीं हैं..."

"मिसेज मैठाणी, विश्वास कीजिए, इस तरह की नीचता आप हम लोगों में नहीं पाएंगी कि आपके बारे में किसी तरह की गलत बातें करें। हम लोग जानती हैं, हम लोगों को लेकर भी हजार-हजार अफवाहें इस शहर में रहती हैं। सिर्फ इतना हैं कि हम लोगों का स्वभाव कहीं एक-दूसरे से मिलता है, एक-दूसरे के दुःख-सुख में हम हाथ बंटाना चाहती हैं और किसी तरह की बोरियत को अपने ऊपर हावी नहीं होने देना चाहती हैं—बस! इतना भी इस शहर के कई लोगों की बर्दाश्त से बाहर है।

लोगों की ही क्यों, खुद हमारी बहुत-सी 'कलीग्स' हम लोगों को लेकर वाहियात बातें करती हैं।"

अब तक चुप बैठी गीता पाल बोल उठी, "आपने जो-कुछ किया है, वास्तव में बड़े नैतिक साहस की बात है। सारे शहर में जिसके बारे में यह हल्ला हो कि फौज से भागा हुआ अपराधी, चरित्रहीन और खूनी हैं—उसे बेटे की तरह घर में जगह देना, यह सचमुच बहुत मुश्किल काम है।"

"ओह, गीता, तुम लोग अंदाजा नहीं लगा सकतीं कि किस सीमा तक निश्छल, भावुक और कल्पनाशील है वह लड़का। अभी आज उसकी मेज-आलमारी ठीक कर रही थी, देखती क्या हूं, कि पागल आजकल डायरी लिख रहा है।...थोडे-से पन्ने चोर की तरह पढ़ गई। हे परमात्मा, कितना पारदर्शी जल की तरह बहता हृदय और कैसी काव्यमयी भाषा!"

इस तरह करुणा-भरे वातावरण की उन्होंने कल्पना नहीं की थी। श्रीमती मैठाणी जैसे आसपास के सारे वातावरण में मादा गरुड़ के से पंख फैलाकर बैठ गई थीं और पूरी तरह उन लोगों की रोमांचकता पर हावी हो चुकी थी।

"उस दिन ये मिस जायसवाल मिल गई—दो-चार बातें यों ही हो गई थीं। मैं उम्मीद करती ही थी कि शायद, ये कभी आएंगी मेरे पास। चाहूं तो मैं भी इधर-उधर जाकर लोगों को 'कन्विन्स' करने की कोशिश कर सकती हूं कि वास्तविकता क्या और कितनी हैं।...लेकिन मुझे यही लगता है कि सच्चाई जब दूसरों के कंधों पर बैठने को उतावली होती है, तो उसके पंख टूट जाते हैं। सच्चाइयों से गुजरना अपने भीतर वापस लौटना है। इसको गति बाहर को नहीं..."

"आप बहुत ऊंचे 'इंटेलेक्ट' वाली औरत हैं, यह सुना भी था। जिस तरह का एकांत जीवन आपने वर्षों से अपना रखा है, उसे भेदने का न कभी संयोग जुटा और न साहस। मन में उठी बात फिर रह जाएगी। अभी आपने जोजफ चंद्रशेखर का नाम लिया था, ये आपके पति थे न? उनको बयालीस के 'मूवमेंट' में कहीं गाजीपुर की तरफ गोली से उड़ा दिया गया था, शायद?"

"हां, आप ठीक कह रही हैं, लेकिन गोली से चंद्रशेखर सिर्फ घायल हुआ था। मृत्यु तो उसकी यहीं ओकले अस्पताल में हुई थी।" संक्षिप्त विवरण में ही इस प्रसंग को समाप्त कर चुकने की-सी निश्चिन्तता दिखाते हुए, श्रीमती मैठाणी ने बातचीत का रुख फिर दूसरी ओर मोड़ दिया—"तो आप लोग राजशेखर के बारे में आखिर मुझसे जानना क्या चाहती थीं?"

"सबसे पहले तो यही कि आखिर वह आपका कोई रिश्तेदार तो नहीं? इस तरह मां के से हठ में जो आप उसे साथ रख रही हैं—सुना था कुछ लोगों ने इस बारे में समझाने की कोशिश की थी कि उसे अपने साथ टिकाकर, आप अच्छा नहीं कर रही हैं?"

"अरे, समझाने की नहीं, बहकाने की कोशिश।"—श्रीमती मैठाणी का स्वर थोड़ा सख्त हो आया—"वह स्वदेश साप्ताहिक का एडीटर लोमड़ पंडित भी आया था। कहता था 'एक चरित्रहीन सामाजिक अपराधी को शरण देकर आप अन्याय कर रही हैं, बहन जी!'...बस, उसके इसी वाक्य से मेरा संतुलन गड़बड़ा गया और अपने सामान्य स्वभाव के विपरीत, मैंने उसे साफ-साफ कह दिया कि शहर के सबसे बड़े गांधीवादी चोर से मैं सामाजिकता या नैतिकता-जैसे विषय पर बात नहीं कर सकती।'...उल्लू का पट्ठा कहने लगा कि 'बहन जी, एक राष्ट्रीय पत्र के सम्पादक का अपमान करके, आप अपने लिए अच्छा नहीं कर रही हैं।'... मुझसे अपना गुस्सा सहा नहीं जा सका। मैं चिल्ला उठी—'गेट आउट, यू डैम एडीटर! तुम वही चोट्टे हो न, जो जोजफ चंद्रशेखर की 'इमेज' बिगाड़ने के लिए, मेरे बारे में ऊल-जलूल बातें अपने 'येलो पेपर' में छाप चुके हो?'...अगर वह चल नहीं देता तो शायद, मैं उसे धक्का मार देती।"

"जिले में तो उसकी बड़ी साख है। सुना है, गांधीजी से उसकी बड़ी निकटता थी।"

"साख समाज में हमेशा गलत लोगों की होती है—खास तौर पर पतनशील समाज में हर महान व्यक्ति के इर्द-गिर्द शरीफ गुण्डों का जमावड़ा होता है। सचाई और मनुष्यता को सबसे ज्यादा खतरा ऐसे ही लोगों से होता है। चंद शरीफ गंडे किसीकी भी जिन्दगी नष्ट कर

सकते हैं।...लेकिन मैं तो यह तय कर चुकी, मेरे जीतेजी राजशेखर को रहने-खाने की समस्या पर सोचने की जरूरत नहीं। हां, जिस दिन वह स्वेच्छा से यह शहर छोड़ना चाहेगा, मैं हर्गिज नहीं रोकूंगी। अपनी नियति मैं जानती हूं। अकेलापन ही मेरा जीवन-साथी रहा और रहेगा।"

एक क्षण को उदासी में डूबे रहकर, श्रीमती मैठाणी तुरत उबर आईं। गीता के बायें गाल पर हलका-सा थप्पड़ मारती हुई बोलीं, "अभी नहीं, लेकिन यों अकेले-अकेले ही बुढ़िया हो जाओगी, तो तब मेरी 'ट्रेजेडी' को समझ पाओगी। अभी तुम्हारे पास वक्त है।"

"हाय, आपने 'अभी वक्त है' कहकर, मिस पाल की तरुणाई और सुन्दरता को धन्य कर दिया! अभी सुबह-सुबह जब मैं सबसे पहले इनके कमरे में गई थी कि सबको साथ लेकर, अपसे मिलने आएंगे... हाय, झूठ ससुरा याद नहीं रहता है। आखिर सच मुंह से निकल ही गया।...खैर, मैं आपसे यह कहने जा रही थी, मिसेज मैठाणी, कि सुबह हमारी मिस पाल बिल्कुल सुहागरात के बाद की सी सुंदरता में भरी हुई थीं। कुछ लोग स्वप्नों में ही 'सैटिस्फाइ' हो जाते हैं। यों मैंने इनसे कहा भी था..."

गीता ने श्रीमती शर्मा के मुंह पर हाथ रख दिया—"आप श्रीमती शर्मा, दायं के बैल की तरह घूम-फिरकर अपनी जगह आ जाती हैं। 'सेक्स' के अलावा आपको कुछ सूझता ही नहीं क्या..."

"जब उम्र बीतने लगती है, 'सेक्स' बुझते हुए दीपक की लौ की तरह कुछ ज्यादा आलोकित होने लगता है।"—श्रीमती मैठाणी ने सक्सेना की ओर देखते हुए कहा और पहली बार, मुक्त होकर, ठहाका लगाया।

"हाय, 'सेक्स' के साथ आलोकित शब्द को जोड़कर, इसे कितना पवित्र और गरिमामय बना दिया अपने!...यह अद्‌भुत बात है। मुझे, मेरी तारीफ में कुछ कहने से पहले, यह कहने की इजाजत दे ही दीजिए कि आप वास्तव में एक आलोकित महिला हैं। अभी आपने ठहाका लगाया, तो मैंने अनुभव किया, जैसे मैं एकाएक ऐसी

उत्फुल्लता से भर गई हूं, जिसे मैं शब्दों में नहीं बांध सकती।"—श्रीमती सक्सेना के स्वर में गहरे आदर का भाव था।

"आप मुझे, शायद, कुछ ज्यादा प्रतिष्ठा दे रही हैं। इतना जरूर है, दुखों ने मुझे और चाहे कुछ न दिया हो, थोड़ा-सा आत्म-विश्वास दिया है और साहस भी।"

श्रीमती मैठाणी आत्म-मुग्धता में डूबने लगी थीं कि श्रीमती सक्सेना ने यह कहकर, चौंका दिया—"हाय, कभी अपने देवशिशु का प्रवचन सुनने का सौभाग्यपूर्ण अवसर भी हमें उपलब्ध करवाइए ना!"

"प्रायः अध्यापिकाएं जिस तरह की ठस भाषा बोलती हैं, उससे आप लोग कुछ बेहतर भाषा बोल लेती हैं, यह अचानक नहीं हुआ होगा। जब हमारे आस-पास और हमारे भीतर कोई बड़ी घटना घटित होती है, तब हमारी भाषा पर भी असर पड़ता है।"

"आप श्रीमती सक्सेना की प्रार्थना को टाल रही हैं...।"

"प्रार्थना तो खैर यह समवेत भी हो सकती है, लेकिन पानी तो स्वाद तब ज्यादा देता है, जब परिश्रम के बाद की प्यास में पिया जाए।"

"आप क्या सोचती हैं। दोषी कौन है?"

"यानी मीना या राजशेखर...? मैं आशा नहीं करती कि आप या कोई भी मुझसे सहमत हो जाएगा—लेकिन मेरी नजर में सारा अपराध मीना का है और किसी हद तक, शायद, उसकी परिस्थितियों का हो।...लेकिन राजशेखर का तो अपराध सिर्फ इतना है कि उसने मीना को उस हद तक प्यार किया, जिसमें पुरुष अपनी आंखों से कुछ नहीं देखता—सिर्फ भावना से देखता है।...और अब वह जलते हुए रेगिस्तान में अकेला है। शरीर भी अक्सर आदमी को इस घपले में डाल देता है कि अपनी ही लगाम अपने हाथों से छूटने लगती है... देखो, याद आया। यह बात मैंने उससे भी कही थी और इसको 'बेस' बनाकर, उसमे 'वल्या' शीर्षक देकर एक कविता लिखी है..."

"वासना की विफलता भी तो कभी-कभी आदमी पर बुरी तरह हावी

हो जाती है, मिसेज मैठाणी! और अपनी इस तरह की विफलताओं को दबाने के लिए बहुत-से लोग कविता तक लिखने लगते हैं। मैंने बायरन की जिन्दगी के बारे में कहीं किसी मैगजीन में हाल में ही पढ़ा था..."

"जरूर पढ़ा होगा, लेकिन शायद, इतना कोई बुद्धिविवेक वाला बिना पढ़े भी आसानी से समझ सकता है कि वासना कविता की ओर वापस नहीं ले जाती, प्रेम ले जाता है। कविता बहुत कठिन चीज है और वासना बहुत आसान। वासना तो जानवर में भी होती है—और आप लोगों ने भी देखा होगा कि अक्सर वह इसमें विफल भी ही जाता है—लेकिन वह कविता की दशा में नहीं जाता!"

श्रीमती मैठाणी के दबंग स्वर ने फिर श्रीमती शर्मा को दबोच लिया।

"...लेकिन वह तो पहले से ही लिखता रहा है। कालेज के दिनों में ही। अपने कालेज की वार्षिक पत्रिका का कोई अंक भी उसने सम्पादित किया था।"

"आप तो उसके बारे में काफी—कुछ जानती हैं, मिसपाल!... लेकिन विफलता शब्द की जो परिभाषा मिसेज मैठाणी ने दी है, भूलिएगा नहीं।"—इस बार न बोलने से अनुपस्थित लगती हुई-सी प्रभा जायसवाल ने कहा।

"लोग जो यह अफवाह उड़ा रहे हैं कि वह फौज से भाग कर आया है, इसमें क्या कुछ सच्चाई है, मिसेज मैठाणी?"

—गीता पाल ने, प्रभा जायसवाल की बात को अनसुना करके श्रीमती मैठाणी से एकाएक पूछ लिया।

"इसमें सच्चाई होती, तो आप क्या समझती हैं कि इस शहर के लोग उसको यों मुक्त रहने देते? कब की मिलिट्रीअथारिटीज को सूचना भेज दी गई होती और अब तक उसका 'कोर्ट-मार्शल' हो चुका होता। हां, यह जरूर सच है कि वह मीना की खातिर ही वहां से 'रिलीज' लेकर चला आया। इस बेवकूफ लड़की के लिए जो-जो 'टॉर्चर' उसने मोल लिए हैं, मेरा तो सोचकर ही मन सहम जाता है।...लेकिन, मिस पाल तुम कम बोलते हुए भी उसके बारे में ज्यादा उत्सुक दिख रही हो। देखो, कहीं फिर न बदनाम हो जाना।"

गीता का चेहरा थोड़ा-सा उतर गया।

"मैंने जो कुछ कहा है, तुम्हारा जी दुखाने को नहीं, गीता!...लेकिन कभी-कभी जिन्दगी अपने लिए बहते हुए पानी की तरह जमीन ढूंढ़ती होती है और हमें पता नहीं लगता!"—गीता पाल के चेहरे को और भी हताश पड़ते देखकर, श्रीमती मैठाणी ने तुरन्त प्रसंग बदल दिया—"मिसेज सक्सेना, सुना है, आप कबाब बहुत अच्छे बनाती हैं? कभी हमें भी खिलाइए?"

मिसेज सक्सेना 'अवश्य-अवश्य' की मुद्रा में सिर हिलाना ही चाहती थीं, कि तब तक श्रीमती मैठाणी उठ खड़ी हुईं—आप लोगों को एक-एक प्याली चाय और पिलाऊं। क्या करूं, नौकर अभी लौटा नहीं, घर में बेसन नहीं है—नहीं तो पकौड़ियां खिलाती। ताजा पालक की।"

उन लोगों के शिष्टाचार में रोकने तक, श्रीमती मैठाणी सीधे रसोईघर की तरफ निकल गईं—"भई, गीता, बुरा न मानना। तुम सबसे छोटी हो। जब मैं चाय का पानी उबालूं, जरा प्यालियां धो दो। प्लीज। उधर उस कोने में नल है। राजशेखर की मेजपर से भी प्याली उठा लेना।"

श्रीमती शर्मा कुछ तल्ख होकर, धीमे-धीमे बोलीं—"बहुत घाघ औरत है, साहब! हम लोग बेकार जरूरत से ज्यादा भावाभिभूत हो जा रही हैं। लौटने दीजिए, अब इस बुढ़िया की थोड़ी-सी लि हाड़ी ली जाए।...अरे बाप, गीता को कैसे काम पकड़ा गई, जैसे बहू हो..."

"इट मे बी पॉसिबल!...'—प्रभा फुसफुसाती बोली—"बुढ़िया के उस 'कमेंट' पर आप लोगों ने, शायद, गौर नहीं किया? कह रही थी कि कभी-कभी जिन्दगी बहते हुए पानी की तरह जमीन ढूंढ़ने लगती है..."

"खैर, यह 'कमेंट' तो आप पर भी उतना ही चस्पां होता है, मिस जायसवाल! आप तो मिस पाल से भी ज्यादा शुद्ध 'बेचलर' हैं और उम्र भी मिस पाल से कुछ ऐसी ज्यादा नहीं हो गई..."

"सुनिए, आपस की छेड़खानी तो लौटते हुए भी काम आ जाएगी—इस वक्त कुछ ऐसी बात सोचिए सब लोग, जिससे हम लोगों

के वापस चले जाने पर बुढ़िया अपनी अंगुलियां चटकाते हुए यह न कह सके कि उल्लू की पट्ठियां चली आई थीं।"—श्रीमती शर्मा जैसे अभी भी अपनी हतप्रभता में से उबरने की कोशिश में थीं।

"कल 'कबाना' में काफी पीते हुए, ज्ञानवतीजी, आप दाढ़ीवाले बकरे की 'फैन्टेसी' सुनाते-सुनाते रुक गई थीं...?"—प्रभा ने, श्रीमती सक्सेना की योजना में शामिल होने की-सी मुद्रा में, धीमे-धीमे अपनी बात समाप्त की और श्रीमती सक्सेना का कंधा दबा दिया।

"अरे हां, कभी-कभार उस बकरे को इधर-उधर भटकते देखा भी था। सुना है, उसे भी ये अपने बेटे की तरह रखती थीं और एक बार कुछ शरारती लोगों ने रहमत बूचड़ को भेज दिया था कि बकरा बिक रहा है, खरीद लाओ और वह यहां से वो डांट खाकर लौटा कि तौबा-तौबा कहने लगा। बाद में बकरा मर गया—खुद-ब-खुद—तो बुढ़िया ने उसे यहीं कहीं कब्रनशीं कर दिया। सुना है, बुढ़िया खाती रहती थी और बकरा थाली में से रोटी उठाकर, घुटनों के बल बैठ जाता था और दोनों साथ-साथ खाते थे। हमारी एक कलीग' देख आई थी और बताती थी कि बू के मारे कमरा भरा रहता है।"—श्रीमती सक्सेना धीमे स्वर में बकरे का इतिहास बताती जा रही थीं।

"छिः बकरों से तो अजीब-सी बू आती है।"—श्रीमती शर्मा ने मुंह बिचकाया, तो प्रभा कुछ जोर से कह बैठी कि—'आपतो ऐसे मुंह बिचका रही हैं, जैसे वह बकरा कब्र में से उठकर, आपके सामने खड़ा हो गया हो!...'

"हां, भई, यह अचानक मेरे बकरे का कैसे जिक्र आ गया?"—समीप आती हुई, श्रीमती मैठाणी ने कुछ तेज आवाज में पूछा, तो श्रीमती शर्मा एकाएक कुछ आक्रामक हो आईं। संभलकर बैठते हुए, बोलीं—'हम लोगों ने यह सुना था कि आपको बकरे पालने का बहुत शौक है? आपने, शायद, वह मुहावरा तो सुना ही होगा कि 'बकरे की मां आखिर कब तक दुआ करेगी?'...और श्रीमती सक्सेना यह भी बतला रही थीं कि जब आपका बकरा बकरियों के पीछे भागता था तो आपको

बहुत प्रसन्नता होती थी?"

श्रीमती शर्मा आशा में थीं कि इस अचानक के आक्रमण से श्रीमती मैठाणी निश्चित रूप से कुछ हतप्रभ होंगी और शायद खीझेंगी भी...लेकिन श्रीमती मैठाणी चाय की देगची रखते हुए, बच्चों की ही सरलता के साथ बोली, "अरे भई, मिसेज शर्मा! यह मुहावरा सिर्फ सुना ही नहीं है, बल्कि दुआयें करके भी देखा, लेकिन बकरा बचा नहीं। शायद, बहुत से लोग राजशेखर की ओर इशारा करके भी इस तरह की बातें करना चाहें, लेकिन मूर्खों को इस बात का ज्ञान कभी नहीं होता कि इस तरह की 'सेल्फ-कांग्रेसनेस' अगर बदबू देने की हद तक पाली जाए तो फिर बकरे वाले मुहावरे से भी ज्यादा खतरनाक होती है।...लेकिन आपको यह सब किसने बताया? शहर के लोगों ने या बकरियों ने?"

इस बार सभी को हंसी आ गई।

चारों विदा होने लगीं, तो श्रीमती मैठाणी गीता के कंधे पर हाथ रखती हुई बोलीं, "श्रीमती सक्सेना अपगी नौकरानी से सिर्फ अपने और प्रभाजी के लिए ही कहकर आई होंगी...तुम और श्रीमती शर्मा यहीं कुछ खा-पीकर..."

"जी नहीं, फिर कभी कष्ट देंगी।" कहते हुए गीता ने आदरपूर्वक नमस्कार किया और बाड़े की तरफ बढ़ने लगी, 'आपको परेशान किया, क्षमा करेंगी।"

"अरे, नहीं। तुम तो मेरे लिए बच्ची की तरह हो।" कहते हुए, श्रीमती मैठानी का चेहरा इस बार आत्मीयता से लबालब भर गया और विदा में हाथ उठाते हुए, आग्रह-भरे स्वर में बोलीं, "आप लोग फिर कभी आइएगा जरूर...।"

संत पाल गिरजाघर में से दोपहर का गजर सारे शहर में फैल गया। वो लोग, अब वापसी में, चुपचाप चली जा रही थीं। कोहरा अब काफी झीना पड़ चुका था। बस स्टेशन के पास की हलचल इतनी दूर से भी साफ-साफ दिखने लगी थी।

छः

शबनम स्टोर्स से बाहर निकलते ही, उसने एक बार चारों ओर देखा। मफलर के किनारे को ओठों के ऊपर किया और तेजी से आगे बढ़ गया। अब वह सीधे घर जाना चाहता था, लेकिन अध्यापिकाओं को देखकर, उसने जाने क्यों रास्ता बदल लेने की जरूरत महसूस की।

ओकवुड कॉटेज में रहते हुए किसी घायल जानवर की तरह गुफा में पड़े होने की सी प्रतीति होती है और शायद, इसी प्रतीति में वह बाहर निकलता है।

थोड़ा-सा नीचे उतरते और उन अध्यापिकाओं की पहुंच से ओझल हो चुकने का इतमीनान होते ही, वह फिर उत्तर की ओर मुड़ गया। हालांकि वह अक्सर, इस वक्त, अखबार पत्रिकाएं सरसरी निगाह से पढ़ते हुए ओकवडकी तरफ लौटता है, मगर उसने चुपचाप पगडण्डी पकड़ ली।

श्रीमती मैठाणी चाय तैयार किए हुए, उसके इन्तजार में थीं और इस बीच धो लिए कुछ कपड़ों को तार पर फैलाने जा रही थीं।

"ममी, आप इतने ठण्ड में भी सुबह-सुबह कपड़े धोने बैठ जाती हैं।"

"बेटे इस शहर में तो हमेशा ही ठंड और कोहरे से वास्ता है। आज तो तब भी लगता है, मौसम कुछ खुलेगा। तुम आज बहुत थके लगते हो, जैसे तेजी से चढ़ाई पार की हो, तुम्हारी आवाज में भारीपन है।"

"योंही ममी, पगडण्डी पकड़ता हुआ आ गया। तेजी से इसलिए कि चाय ठण्डी हो जाएगी।"

"देख, शेखर, मुझसे झूठ ना। बोला कर।"—श्रीमती मैठाणी बाहर खुले में रखे मेज की तरफ बढ़ती बोलीं, "चल पहले चाय पी लें। आज इतवार है। मुझे याद नहीं रहा, तू अपनो ओर से कुछ कभी करेगा नहीं। अब मीट लेने तुझे दुबारा जाना होगा। मेरे साथ घास खाते-खाते ऊब गया होगा।

"नहीं, ममी, मीट-वीट रहने दो। बहुत जी ललचा गया तो कहीं

कभी किसी होटल-वोटल में खा लूंगा। मीट अकेले के लिए खाने बनाने की चीज नहीं।"

वह अखबार पढ़ने लगा था। श्रीमती मैठाणी ने 'टीको जी' हटाकर, चाय प्याली में उंड़ेली, तो उसकी सुगन्ध हवा में आ गई।

"...तुम चाय पीकर, अखबार से निबटकर दुबारा निकल जाना। आधा किलो मीट लेते आना। आज पुलाव बनाएंगे।"—श्रीमती मैठाणी ने कहा।

"मेरी खातिर, ममी, अपने को भी भ्रष्ट कर सकोगी? अकेले मैं हर्गिज न खाऊंगा।"

"जहन्नुम में तो जाना ही है मुझे। क्या फर्क पड़ेगा... और जहन्नुम में तो, शायद, 'वेजीटेरियन' लोग भेजे ही न जाते हों और शाक-भाजी वहां मिलती ही न हो!"—कहती, चाय की अन्तिम घूंट भरती श्रीमती मैठाणी उठ खड़ी हुई—"कपड़े डाल दूं, तो तुझे पैसे और टोकरी दूं।"

वह कुछ जवाब देता कि उसने किसी के आने की आहट अनुभव की, हालांकि सुनने की जगह, महसूस करने की अनुभूति ज्यादा हुई।

योंही कनखी से उसने देखा और उसे उन चारों महिलाओं के पांव अपनी पीठ पर पड़ते महसूस हुए। साफ था कि वो। फाटक के भीतर, श्रीमती मैठाणी के पास ही आ रही हैं।

जब तक में वो लोग श्रीमती मैठाणी से अभिवादन करतीं वह चुपके से उठा और तेज लेकिन लगभग बे-आवाज कदमों से चलता खुले फाटक से बाहर निकल आया। बिना पीछे मुड़े ही, उसने धीमे से फाटक बन्द किया, तो उसे याद आया कि अभी-अभी जब वह वापस लौटा था, तब फाटक खुला ही छोड़ दिया था।

लगभग चार-पांच घंटे वह कहां भटकता रहा, उसे कुछ होश नहीं। सीधे उत्तर की तरफ पहले चढ़ाई और फिर ढलान की तरफ निकलता गया और जब वह किसी जंगल में के पेड़ का-सा भटकना खत्म करके—ओकबुड जाने की जगह—सीधे शहर की तरफ निकल आया।

वह दुबारा शबनम स्टोर्स की ओर गया और 'सुबह भूल गया था'

कहते हुए, जल्दी से कुछ सामान खरीदा। फिर यंत्र'चालित-सा रहमत मीट शॉप' की तरफ निकल गया और गोश्त 'लिया। अब कहीं जाकर उसने महसूस किया कि वह भूखा है।

उसने अपनी थकावट में उबरने की सी कोशिश में घंटा-घर की ओर देखा—एक बज चुका था।

वह स्वयं नहीं समझ पा रहा था कि ऐसा कैसे हो गया। यह पहली बार हुआ है कि श्रीमती मैठाणी से बिना कुछ कहे चले आने के बाद, लगभग दिन-भर वह बाहर रहा। सुबह की चाय के बाद, सिर्फ नाश्ते पर ही नहीं, दोपहर के भोजन के वक्त की प्रतीक्षा श्रीमती मैठाणी ने की होगी। काफी देर तक हो सकता है, अभी तक उन्होंने भोजन नहीं किया हो। श्रीमती मैठाणी का चेहरा उसे स्मरण आता गया और उसके कदम लम्बे पड़ने लगे।

माल रोड के नुक्कड़ पर पहुंचकर, वह राह से भटका-सा ऊपर ओकवुड काटेज की दिशा में जाती हुई सड़क पर बढ़ना ही चाहता था कि तभी उसे कुछ परिचित-सी आवाज सुनाई दे गई।

आवाज साफ नहीं थी, जैसे बोलने वाले के गले में कोई चीज अटकी हुई हो। सिर्फ गर्दन घुमाकर देखने की कोशिश में ही, सरदार रेस्तरां के भीतर बैठे कामरेड सूरज का झबरा सिर दिखाई दे गया।

"हैल्लो..."—कामरेड सूरज कुछ खा रहे थे और हाथ में पकड़ी चम्मच को उसकी तरफ 'इधर आओ, इधर आओ की मुद्रा में तेजी से हिला रहे थे।

शेखर नजदीक पहुंचकर, उनकी बगल में बैठ गया, तो उन्होंने आवाज लगाई—"प्राहा, एक डबल मसाला डोसा होर ठाकुर भाई की खिदमत में।"

सरदार दिलदार सिंह की मूंछे ऐसी हिलीं, जैसे चींटी ने काट लिया हो ओठों पर—'सत श्रीअकाल जी, ठाकुर साहब!"

शेखर कुछ सन्ना गया। लोगों का अभिवादन, इन दिनों, उसके लिए अभिवादन नहीं रह गया है। इसके साथ जैसे एक रोमांचकता जुड़ी होती है। इस रेस्तरां में भी न जाने कितनी बार, कितने लोगों के बीच और किस तरह की चर्चाये उसको लेकर हुई होंगी।

"सूरज भाई, हमें कुछ भूख नहीं। सिर्फ चाय पी लूंगा। दिन में खाना कुछ ज्यादा खा लिया।"—वह जैसे अपने-आपसे मुक्ति पाने की जरूरत महसूस कर रहा था।

कामरेड सूरज ने दायें हाथ की चम्मच को चटनी वाली कटोरी में डालते हुए, बायें हाथ से उसके कन्धे को थपथपाया

—"अरे यार, इस नामाकूल शहर में दिलदार भाई ही वह हस्ती है, जो ऑफ-सीजन में भी मसाला डोसा और इडली-जैसी दुर्लभ चीजें परापत करा देता है। दिन-भर में चाहे ससुरे तीन ही डोसे बिके, लेकिन सरदार को कोई कोपत नहीं होगी।"

"अपन तो कामरेड दादा, कस्टमर को माशूक समझकर उसका इन्तजार करते हैं और माशूक के इन्तजार में जो कोफ्त होती है, बादशाओ, वो तीतर के कोफ्तों से भी मजेदार होती हैं..."

हालांकि सरदारजी मसाला डोसा बनाने की तैयारी में व्यस्त हो गए थे, लेकिन उसे लगा कि पलटकर, उसकी तरफ जरूर देखेंगे। उसे अनायास ही याद आया कि ओकवुड काटेज से सुबह की धुंध में ही चले आने के बाद भी प्रत्येक क्षण वह यही तो प्रतीक्षा करता रहा है—शायद, मीना फिर दिखाई दे जाए। दूर, बियाबान एकांतों में भी हर क्षण उसकी उपस्थिति महसूस होती है।

जाने उसे प्रत्येक क्षण यह अहसास क्यों घेरे रहता है कि इस शहर की तमाम नजरें पारदर्शी हो गई हैं। मुहब्बत या प्रेम लड़की या औरत, चरित्र या रोमांस जैसे शब्द लोगों की जबान पर से चिड़ियों के झुण्ड की तरह उड़ते हैं और उसके अस्तित्व को पेड़ की तरह प्रयोग करते हुए, कन्धों पर बैठे हुए से, देर तक फड़फड़ाते रहते हैं।

ये जो लोग इधर-उधर बैठे हैं, शायद, ये भी कुछ न कुछ बोलना शुरू करेंगे।

वह कुछ विचलित हो रहा था लेकिन उसने अंततः यही तय किया कि चुप रहना ही, उसके लिए बेहतर होगा।

डोसा अनमने मन से जल्दी-जल्दी उसने खा लिया और चाय पीकर, कामरेड सूरज से विदा मांगने की सोच रहा था कि कामरेड सूरज

उठकर खड़े हो गए–"सरदारजी, चाय नहीं चलेगी।"

रेस्तरां से बाहर निकलते ही, कामरेड सूरज ने उसके कधे पर हाथ रखकर, उसका रुख अपने प्रेस की दिशा में मोड़ दिया—'यार, तुम इतनी उतावली में क्यों हो? चलो, चाय जमकर प्रेस में पी जाएगी। मैंने सुना है कल तुम्हें सिद्दीकी मियां ने बुलाया था? और कोई यहां अभी-अभी कह रहा था कि आज सुबह 'फोर सिस्टर्स' ओकवुड काटेज जाती देखी गई थीं?"

"सिद्दीकी के बारे में आपको किसने बताया?"

"भाई मेरे, तुम इस शहर के बहुत ऊंचे हिस्से में रहते हो वहां से अगर पत्थर भी लुढ़केंगे, तो सीधे कामरेड सूरज के प्रेस के कम्पोजिंग केस में पहुंचकर ही रुकेंगे।'—कामरेड ने जोरदार ठहाका लगाया और उसे प्रेस की तरफ ठेलते चले गए।

प्रेस की सीढ़ियों पर से होते हुए, दोनों साथ-साथ कमरे में पहुंचे। कमरा इस अर्थ में पूरी तरह साम्यवादी हो रहा था कि सब चीजें आपस में गड्ड-मड्ड हो रही थीं।

कोट उतारकर, कामरेड सूरज ने, मेज पर डाल दिया और स्टोव सुलगाकर, चाय की केतली चढ़ा लेने तक कुछ बोले नहीं। सिर्फ सीटी पर 'काहे कोयल शोर मचाए रे, मुझे अपना कोई याद आए रे।' की धुन बजाते रहे।

शेखर दीवार के पास बैठ गया बोरे पर और इधर-उधर बिखरे पुराने अखबारों को उलटने-पुलटने लगा। बिना कोई इस तरह की घटना पढ़े ही, उसे एकाएक ध्यान आया कि आत्महत्या और हत्याओं की खबरें पहले भी अखबारों में छप करतीं, लेकिन तब इन खबरों से इस तरह का सरोकार अनुभव नहीं होता था। अब तो चाहे आत्म-हत्या या हत्या की खबरें बाराबंकी बहराइज की ही क्यों न हो, उनसे खुद का एक चेतनागत रिश्ता-सा अनुभव होता है।

प्याली की खनक सुनकर, वह चौंका और देखा कि कामरेड ने चाय उसके सामने रख भी दी है। अब ऐसा अक्सर होने लगा है। अपने खोयेपन में से एकाएक उबरते हुए, उसे एक अमूर्त निरीहता में डूबने का

सा अवसाद घेर लेता है और उसकी आंखें नम हो जाती हैं।

"तुम्हारी हालत तो, प्यारे, 'प्रेगनेन्ट वुमन' की तरह हो चुकी है। लगता है, सिर्फ चार-पांच दिनों में ही तुमको 'प्री-डिलीवरी पेन्स' शुरू हो गए हैं। तुम भी अजीब चुगद हो, यार! हर समय ऐसी सूरत बनाए रहते हो, जैसे यह सारी दुनिया तुम्हारे चूतड़ों पर चढ़ी हुई हो। इतने ज्यादा 'टची' मत बनो। हाथ में रूमाल कैसा पकड़ रखा है?"

"टूथपेस्ट और ऑडोमास ले जा रहा हूं। मच्छर बहुत हैं।" उबरने की कोशिश करते हुए, उसे काफी असुविधा अनुभव हुई–ममी ने मीट भी मंगाया था..."

"थैंक गौड! मैं समझा था, कुछ प्वाइजन-वाइजन ले आए हो।...वैसे शहीदों के जुनून से गुजरते हुए आदमी को अपने दांतों और मच्छरों की ज्यादा परवाह करनी नहीं चाहिए!"—कामरेड ने ठहाका लगाना चाहा, लेकिन शेखर की संजीदगी जैसे उनकी जीभ तक पहुंच गई। जल्दी-जल्दी चाय के दो घूंट भरने के बाद, उन्होंने चाय की प्याली शेखर के मुंह के पास तक उठाई और बोले, "देख, भई शेखर, एक बात का हमेशा ध्यान रखना। यह कभी सपने में भी मत सोचना कि मैं तुम्हारा मजाक उड़ाने या तुम्हें दुखाने की कोशिश कर सकता हूं। मुझे दरअसल तुमसे कुछ प्रेम हो गया है और इसीलिए डरने लगा हूं। कोशिश करना चाहती हूं कि तुम इतने ज्यादा उदासीन न रहो कि यह उदासी तुम्हारे लिए अफीम का नशा बन जाए। अपने शहीद होने की उदासी बहुत खतरनाक होती है। इसमें अदमी को यह मुगालता हो जाता है कि वह दूसरों को सबक देना चाहता है। कोई ऐसी मिसाल कायम करना चाहता है, जिसे दुनियावाले मुद्दत तक याद रखें। तुम्हें लगता है, आजकल कुल जमा साढ़े तेरह हजार की आबादी वाला यह शहर ही मियां सुकरात की जेब में पड़ा रहने वाला 'ग्लोब' दिखाई दे रहा है। दुनिया कितनी बड़ी है, इसका अंदाजा लगाने के लिए ये पुराने अखबार ही काफी हैं, जिनके पन्नों पर आत्महत्या और हत्या करने वाले शहीद ही हजारों की संख्या में मक्खियों की तरह भरे पड़े हैं।"

"सूरज भाई, समझाने का यह आपका तरीका शायद कारगर नहीं हो पाए।"—वह सिर्फ इतना ही कहकर चुप हो गया।

"मैं खुद इस बात को महसूस कर रहा हूं, यार! तुम्हें समझाने की कोशिश में बात बनाने की कोशिश करता हूं, लेकिन कह देने के साथ ही लगता है, बनी नहीं। खैर, मुझे यह देखकर खुशी हो रही है कि तुम फेमिली-साइज वाली टूथपेस्ट और ऑडोमास ले जा रहे हो। कभी-कभी आदमी अपने बाहर की घटनाओं और उसकी प्रतिक्रियाओं में इतना बेखबर हो जाता है कि उसे अपने भीतर का मद्धिम संगीत सुनाई नहीं देता। उसका अवचेतन मन कितने सूक्ष्म और अमूर्त्त ढंग से उसे भविष्य के लिए तैयार कर रहा है, वह पहचान नहीं पाता। तुम भी नहीं पहचान पा रहे हो, शायद!...लेकिन मुझे इस बात की खुशी है।"

"आपको मेरी बातें हवाई और असंगत लग सकती हैं। लेकिन मैं आप से फिर पूरी ईमानदारी के साथ यह बात कह सकता हूं कि मुझ मीना की शादी ने नहीं, विश्वासघात ने तोड़ा है। विश्वासघात की तकलीफ को बर्दाश्त करना मौत को बर्दाश्त करने से भी कठिन है। कम-से-कम मेरे लिए। मैं नहीं जानता, आपकी प्रेमिका ने सिर्फ शादी की थी या विश्वासघात भी किया था, लेकिन इतना तय है कि आप इस तरह की यातना से नहीं गुजरे। मेरे लिए, कामरेड, इस यातना का निदान तथाकथित सामाजिकता की वह तमीज नहीं है, जो प्रेमिका की शादी को पंच-फैसले की तरह गटक जाने की नसीहत देता है। चाहे औरत हो या मर्द, उसका पंच-फैसला तभी तक उसके हाथ में है, जब तक वह प्रेम की, एक-दूसरे के अस्तित्व में साझीदारी की शुरुआत न करें—बाद का एकतरफा फैसला कमीनापन है। मैं नहीं जानता, आप क्या महसूस करते हैं। मेरे पास कोई रास्ता नहीं है। मीना ने शादी कर ली, मेरे लिए यह बात उसकी पसन्द नहीं, नीचता है। और जनाब, इस तरह की नीचता को अपनी समझ से बर्दाश्त करना और बात है, लोगों के डर से बर्दाश्त करना और! मैं इस शहर में पागलों और चूतियों की तरह चक्कर काटता फिर रहा हूं, अगर यह एक हकीकत है, तो विश्वास

कीजिए, अपने इस चूतियापे को सबसे ज्यादा गहराई से मैं खुद देखता हूं।...देखता हूं और महसूस करता हूं।”

अहंकार से आलोकित होने की सी उत्तेजना में वह, पीछे हटकर, दीवार के सहारे टिक गया और निचले होंठ को ऊपर चढ़ाकर, कुछ ऐसी मुद्रा में बैठ गया, जैसे बात को समाप्त कर चुका हो।

“रुको मत, कहते जाओ...इसी मकसद से मैं तुम्हें इस एकान्त में ले आया करता हूं, दोस्त! तुम जब मफलर लपेटे हुए “घूमते हो सड़कों पर और तुम्हारी आंखों में, तुम्हारे चेहरे पर एक बेचैनी और बदहवासी होती है, और मुझे यह कहने की इजाजत दो कि हिंसा भी...तो यही लगता है कि आखिर किसी न किसी एक दिन या तुम हत्या करोगे और या आत्महत्या।’

“आपको मैं बता नहीं सकता, कामरेड, कि मेरी सारी तकलीफों की जड़ यही है कि मैं हत्या या आत्महत्या के ‘टेंशन में जरूर घिरा हूं और इससे कम में मुझे अपनी मुक्ति दिखती नहीं है...लेकिन भीतर के उबलते लावे की तह में कहीं एक नामालूम तरीके से जगह बनाता हुआ-सा कोई सोता है, जो मेरे एकान्त में बहता है, तो मुझे उसकी आवाज-सी सुनाई देती है। कुछ अजीब-सी कशमकश है। मुझे लगता है कि सिर्फ मेरे मानसिक ही नहीं, बल्कि शारीरिक ढांचे में बड़ी तेजी से रद्दोबदल हो रही है और यह रद्दोबदल मेरे लिए कुछ इतनी अजनबी है कि मेरे जेहन में इसकी पूरी शक्ल देख लेने की छटपटाहट है। और ‘ट्रेजेडी’ मेरी यह है कि मैं खुद भी गहराई से यह अनुभव करने लगा हूं कि यह रास्ता जिन्दगी की तरफ ही जाता है, मौत की तरफ नहीं।...और मुझमें इतना सब्र नहीं कि मैं सिर्फ इस बात के लिए दस-बीस-पच्चीस सालों की ठंडी जिदगी जीने का फैसला लूं, ताकि अपने आपको इस बात का यकीन दिला सके कि मैं सच्चाई पर था।... जबकि मुझे लगता है कि यह फैसला तुरन्त भी हो सकता है। इसमें जोखिम ज्यादा है, लेकिन मुक्ति भी उतनी ही बड़ी। जीने की हविश मुझमें कहीं जरूर होगी, जिसे फिलहाल शायद, मैं ठीक से देख नहीं पा रहा हूं, लेकिन मौत अपने आप में इतनी पाबंद है कि यह आपको

अपनी मर्जी का वक्त नहीं दे सकती।"

उसका चेहरा, उसने अनुभव किया, कुछ विकृत हो गया होगा। सावधानी बरतता हुआ बोला—"अब कभी में आपको उसके खत दिखाऊंगा। जो औरत सिर्फ चन्द महीने पहले यह लिखती हो कि 'या तो मैं तुमसे शादी करूंगी और या प्रात्महत्या कर लूंगी'—वही औरत वैडिंग साड़ी की लकदक में डूबी आपको पहचानने से भी इंकार कर जाए...जो औरत आपके साथ झील की मछलियों की तरह अपने शरीर के अंग-अंग से खेल चुकी हो, वही चेहरा इतना अजनबी बना ले कि जैसे आपके देखने मात्र से वह अपवित्र हो जाएगी...और जो औरत अपने होंठों को श्रापके होंठों पर रखकर कहती रही हो कि 'तुम मेरे देवता हो' वही जीभ को थूक में डूबोती हुई-सी आपको 'गुण्डा-बदमाश' कहे, तो यह सब किस तरह की तकलीफ होगी? ये कहवाघरों, जनानखानों और चौराहों—होटलों पर मेरी बदहवासी, मेरे दुःख और मेरी यातनाओं को हड्डी की तरह चबाते और कुत्तों की तरह बखानते इस शहर के लोग।...ये मुझे कमीना और कातिल कहने वाले चोट्टे मुझे यह समझाने और अहसास कराने की कोशिश करेंगे कि मैं गलत आदमी हूं?...जरा आप कल्पना करें उस लानत-भरी जिंदगी की, जिसमें आपको धोखा देने वाली औरत बिल्ली की सी शक्ल लिए हुए आपकी याददाश्तों में घूमती रहे और आपका मूस की तरह का जीना देखती रहे। आप रात के सन्नाटे में रोते हों और यह अहसास आपको दबोचे रहे कि सारी दुनिया आपको चूतिया समझती है।...

शेखर का गला भर गया और कोशिश करने पर भी वह आंखों में आंसुओं को उमड़ने से रोक नहीं पाया।

"मैं बहुत शर्मिन्दा हूं..." कुछ शांत होने पर उसने कहा।

"अरे, यार, ऐसी कोई बात नहीं है। दरअसल जब अपनी तकलीफों की साझीदारी कहीं से नहीं मिलती, तब आदमी के पास इसके अलावा कोई रास्ता शायद, सचमुच बचता नहीं। लोगों के बीच में तुम्हारा चेहरा कितना सख्त रहता है और आंखें कितनी तीखी।... और अब इस वक्त तुम्हारा चेहरा मुहल्ले के छोकरों से पिटकर मां के पास लौटे बच्चे-जैसा हो आया है। रुआंसा और निर्दोष। अकेलेपन

में या साझीदार मिल जाने पर आदमी अपने कवच को उतार फेंकता है। यह सचमुच तमाशबीनों का शहर है। मेरे बारे में भी तुम्हें लोगों ने जो बातें बताई होंगी, एकतरफा होंगी। खाते-पीते के परिवार का होते हुए, मैं क्यों यह तंगदस्ती की जिन्दगी जी रहा हूं, लोगों को वह अजूबा लगता है और इस अजूबे का कोई निदान उनके हाथ कभी लगेगा नहीं। मेरे माता-पिता और रिश्तेदार ही नहीं, बहुत सारे आलतू-फालतू किस्म के लोगों को भी यह गलतफहमी है कि आखिर झख मारकर मैं अपनी उसी दुनिया में लौटूंगा, जिसको मैंने ठुकरा दिया था। मेरे मां-बाप और भाई-बहन इस नीचे वाली सड़क पर से गुजर जाते हैं। इस ओर देखने से बचना चाहते हैं कि कहीं मैं खड़ा बीड़ी फूंकता दिख नहीं जाऊं। और इसी डर में यार लोग नजर डाल बैठते हैं।...और वह क्षण देखने के ही लायक होता है मैं जानता हूं, तुम एक बार मीना को सामने लाना चाहते हो और उससे अपने सवालों का, अपनी तकलीफों का जवाब पाना चाहते हो। शायद, यह चाहते हो कि एक बार वह इंतजार न कर सकने या फैसला बदल लेने की अपनी गलती के लिए तुम्हारे आगे अपनी शर्मिंदगी जाहिर करे और माफी मांगे। तुम अब भी अपनी तकलीफों में मीना की भागीदारी के अहसास को पाना चाहते हो। तुम, शायद, उसके मुंह से सुनना चाहते हो कि शादी तो उसने कर ली है, लेकिन फिर भी जिन्दगी-भर वह तुम्हें भूल नहीं पाएगी और अपने एकांत क्षणों में तुम्हारे साथ बीते हुए दिनों को स्मरण करेगी।...लेकिन यह बात गांठ बांध लो, मीना के लिए यह कभी सम्भव नहीं होगा। अगर वह अपनी अंतरात्मा से चाहे, तब भी नहीं। शादी से पहले, शायद, होता। वर्गचरित्र कोई हवाई चीज नहीं है। वह अब एक शादीशुदा अध्यापिका है। वह ज्यादा-से-ज्यादा इस शहर से अपना और अपने पति का 'ट्रांसफर' करवा लेना चाहेगी। मेरे साथ, तुम ठीक कह रहे थे, इस तरह की समस्या नहीं थी। लक्ष्मी देखने में सुन्दर, व्यवहार में मधुर और आकर्षक जरूर थी, लेकिन उसके पास इस तरह की हवाई और लिजलिजी भाषा नहीं थी, जिसे ये 'सो-काल्ड' भले परिवार की लड़कियां बोलती हैं। सिर्फ अपनी जबान के चिपचिपेपन में से, अपने

अस्तित्व की गहराइयों में से नहीं।...और तुम भी जानते होगे, कामरेड, कि आदमी की जबान और उसके दिमाग को बरगलाना बहुत आसान है।...जहां तक अपनी लक्ष्मी का सवाल है, उसके फैसले में निहायत सादगी थी—किसी तरह की धूर्त्तता नहीं।"

"तब, आप मेरी तकलीफों का सही अंदाजा कभी लगा नहीं पाएंगे। धूर्त्तता कितनी तकलीफदेह होती है-इसे जानना आसान नहीं होता..."

"मैं शायद, इसे तुमसे बेहतर जानता हूं। तुम प्रेमिका की धूर्त्तता के शिकार हो, कामरेड, तो यहां पूरे खानदान की धूर्तता के शिकार हैं। समाज में स्त्री या पुरुष, जो भी धूर्तता बरतता है, वह उसका वर्ग-चरित्र है और इसके पीछे—निहायत नामालूम ढंग से ही सही—उसकी आर्थिक धारणाएं भी काम करती हैं।"

"मैं कोई बेकार...बेपढ़ा नहीं था। सीधे 'कमीशन' में चुनकर गया था। कदाचित मैं बेकार और बेपढ़ा होता, तो मुझे उसके फैसले से इतनी तकलीफ नहीं पहुंचती। मैं यह मानकर चल सकता था कि सुरक्षित भविष्य का चुनाव किसी भी औरत की स्वाभाविक कमजोरी हो सकती है।"

"तुम फिर गलत समझ रहे हो, चूक रहे हो, कामरेड! गलत और लम्बी आर्थिक रूढ़ियां जातिवाद की सीढ़ियों पर होते हुए भी आगे बढ़ती हैं। तुम एक योग्य अफसर हो सकते थे, लेकिन कान्यकुब्ज होने की योग्यता तुम कहां से लाते?'

"मीना कोई अपढ नहीं थी। यह बात वह पहले भी सोच सकती थी। आर्मी सिर्फ उसी के कहने पर छोड़ आया मैं।"

"खूबसूरत और कल्पनाशील पुरुष की संगति में औरतें अपने आपको सावधान नहीं रख पाती हैं।...लेकिन जब समय और जगह का फासला उन्हें मिल जाता है, तब स्थिति बदल जाती है।...और सही बात तो यह है कि हमारी सामाजिक रूढ़ियों ने स्त्री की स्वतंत्र सत्ता को पनपने ही नहीं दिया है।...वे सुरक्षाजीवी होती-होती 'कनिंग' तक हो जाती हैं।"

"यह बात आपको इस शहर के बारे में नहीं कहनी चाहिए। अपनी फैशनपरस्ती और घूमने-फिरने की आजादी में इस शहर की

लड़कियां दिल्ली के भी कान काटती हैं। अभी जब मै शबनम स्टोर्स में टूथपेस्ट वगैरह खरीद रहा था—चेयरमैन तिलक बाबू की हिप्पी फैशन की मुरीद लड़कियां मुझ पर फब्तियां कस रही थीं। वह जो काफी लम्बी अलफातून-सी है, सीटी बजाने लगी थी। लड़कियों को छोड़िए, अध्यापिकाएं भी। आपने उन तीन-चार अध्यापिकाओं की बातचीत और ठहाकों को कभी सुना है, जो अक्सर यहां से गुजरती हैं? आज सुबह-सुबह बो मम्मी के पास पहुंच गई थीं और इसीलिए मैं चुपचाप बाहर खिसक आया और सुबह से अभी तक वापस नहीं गया हूं।"

"अरे तुम मिस पाल वगैरह की बात कर रहे होगे? तुम्हें यह मालूम नहीं है कि वह खुद भी इसी मैदान में चोट खाई औरत है। वैसे, कामरेड, वह सिर्फ दिखने में ही नहीं, बातचीत और व्यवहार में भी बहुत खूबसूरत औरत है। मुझे यह बात कह लेने दो कि स्वतंत्रता जिसे कहते हैं, उसकी चेतना उस औरत में है। स्वतंत्रता का सीधा-सादा अर्थ होता है, आत्मनिर्भरता। सिर्फ आर्थिक मामलों में ही नहीं, अपने जाती फैसलों में भी। मैंने अपनी जिंदगी के चंद साल मजदूर बस्तियों में भी गुजारे हैं और मजदूर औरतों को अपने फैसले खुद लेते देखा है। इस शहर की चद बोल्ड लड़कियां अक्सर शादी से पहले मिली हुई छूट को इस्तेमाल करती हैं, इसीलिए इनकी आजादखयाली में असली अवांगार्दो वाली गहराई नहीं है। औरतों को फैशनपरस्ती और आवारागर्दी की छूट देना उन्हें स्वतंत्रता देना नहीं है। इस तरह की छूट देना—यह उन्हें और कमजोर करना है। मैं समझता हूं, एक चाय और चल सकती है।...बाहर इस भरी दोपहरी में भी कितना कोहरा है..."

"इस वक्त आप अगर बाहर निकलें, भाई साहब, तो आपको कोहरे में डूबते ही कविता में डूबने का सा मजा आ जाएगा। मैं भी दूर-दूर तक बियाबान में घूमता रहा था और अपने पर से गुजरता कोहरा मुझे लग रहा था, जैसे किसी नगे आदमी को ढंकने की दयानत बरत रहा है।"

"वाह, कामरेड, तुमने हमें 'भाई साहब' कहकर कत्ल ही तो कर डाला!...अरे, तुम्हारी कविता का प्रूफ दिखाना था। उस दिन तो तुम एकाएक खरगोश की जैसी उछाल लगाकर गायब हो गए।

मैं रात-भर तुम्हारे ही बारे में सोचता रहा। लिखने-पढ़ने में अगर तुम अपने-आपको लगाने की कोशिश करो, तो तुम्हारे चरित्र और स्वभाव में लेखक होने की गुंजाइश बहुत है। चलो, नीचे प्रेस में चलते हैं।"

शेखर चुप ही रहा। कामरेड सूरज उसकी कविता का प्रूफ ढूंढने की कोशिश में लगे हुए, कहते रहे—"मैं लिख नहीं सकता। कोशिश की थी। हमेशा यही लगा, लेखक होने के लिए जो भीतरी आद्रता चाहिए, मुझमें नहीं है।...लेकिन पढ़ा बहुत है। परिवार से कटे जीवन का, बस, यही एक सदुपयोग हुआ है। 'जीनियस' चाहे वह साहित्य, कला और संगीत के क्षेत्र का हो या पॉलिटिक्स और लड़ाई के मैदान का—उसकी जीवनगाथा पढ़ना मेरी 'हॉवी' ही नहीं, मेरे जाने का हिस्सा बन गया है। ऐसे लोगों की जिन्दगी में, उनके संवर्ष में और उनके 'एचीवमेन्ट' में एक खास बात अलग से दिउ जाती है। उनकी जिन्दगी जैसे किसी अदृश्य शक्ति के होथों घटित होती है। उसमें सामान्य आदमी का 'चल मेरे घोड़े टिक्-टिक्' वाला सिलसिला नहीं होता। मुझे इसकी तह में उनके डीप इमोशंस' दिखाई देते हैं। ऐसे लोग किसी हद तक 'डिटरमिड' होते हैं कि जैसे 'साइक्लोन' झाता है और उसके पीछे लौटने की कोई गुंजाइश नहीं होती...मैं, शायद, उनक जाता हूं कि तुमसे मैं आखिर कहना क्या चाहता हूं। सिर्फ इतना ही कि तुम्हारे भीतर भी मुझे इमोशंस और सेंसिबिलिटी—दोनों का एहसास होता है। अरे हां, यार, तुमने अह पूछना तो भूल ही गया कि मियां सिद्दीकी ने तुम्हें क्यों ला लिया था? सरदार बता रहा था कि कल तुम सड़क पर जा रहे थे कि चौकी के बाहर खड़े-खड़े मियां सिद्दीकी ने तुम्हें बुला लिया था। प्रोफेसर तिवारी ने कोई रपट-वपट तो नहीं लिखाई है? हालांकि मैं नहीं समझता कि इस तरह के नासमझी वो करेंगे। सिद्दीकी क्या कुछ सख्ती से पेश आया था?"

"नहीं, ऐसी कोई बात नहीं है। सिद्दीकी, आपभी जानते होंगे, काफी बातूनी किस्म के अदमी हैं। सिर्फ कुछ नहीहत देने के मूड में

थे और 'अवाम के जनरल कमेंट्स' का हवाला दे रहे थे। उन्हें यह भी मालूम है कि बड़े भैया झांसी में डी० वाई० एस० पी० हैं।"

"तुम्हें यह भी बता देना चाहिए था कि तुम्हारा यह दूसरा बड़ा भाई भी कोई मामूली हस्ती नहीं है। खुद का अख़बार निकालता है और 'ब्लिट्ज' जैसे हंगामेबाज अखबार से भी उसका ताल्लुक है। यार, तुम्हारी कविता की 'गैली' तो ये रखी हुई है, 'प्रूफ' भी उठाया था, मिल नहीं रहा है। हरी-वल्लभ तीन-चार दिन से आया नहीं है। आधा मैटर कम्पोज ही नहीं हुआ अखबार का..."

"रहने दीजिए। मैं अब महसूस कर रहा हूं कि कविता छपवाने और टूथपेस्ट खरीदने में कोई फर्क नहीं है। ये चीजें मेरी मौजूदा मनःस्थिति में एक फालतू किस्म का अंतराल पैदा करती हैं।"

कामरेड सूरज के चेहरे पर रेखाएं खिंच गईं। उसने कुछ, क्षण आंखें गड़ाकर देखा और एक अवसादग्रस्त मुस्कराहट, उसे लगा, कामरेड के पूरे जिस्म में कौंधकर रह गई है।

"मैं, भाई साहब, धीरे-धीरे एक मायावी संसार का आदी होता गया हूं। ओकवुड काटेज से नीचे की ओर उतरता हूं, तो लगता है, जैसे 'रोप-वे' इस्तेमाल कर रहा हूं। दरअसल मेरे फैसले स्थगित होते जाने की वजह, शायद सिर्फ यही है कि मुझे अपने भीतर एकाएक कुछ ऐसा अजनबीपन दिखने लगा है, जिससे मैं खुद परिचित नहीं हूं। जैसे कोई शीशा 'फ्रेम' में। कसे-कसे ही तड़क जाए—मेरे भीतर कोई चीज बिजली की सी कौंध के साथ चटकी है और मैं अपनी ही हैरत को संभाल नहीं पा रहा हूं..."

"वाह, क्या जानदार भाषा तुमने बोली है, प्यारे! मैं तुम्हें सलाह दूंगा कि तुम कविताओं में वक्त जाया न करके, 'फिक्शन' की तरफ ही अपना पूरा ध्यान लगाओ। समय भी फौज की नौकरी में जा चुकने के बाद, जो तुम्हारी जिन्दगी में एकाएक यह तूफान आया है, इसे इस तरह लेने की कोशिश करो कि नियति तुम्हें एक ऊंचा लेखक बनाना चाहती है। तुम शायद, जानते होगे हिन्दी के मशहूर लेखक कैप्टन अज्ञेय भी फौज में रह चुके थे!"

"मैं सब जानता और समझता हूं, बड़े भाई! आप मुझे बहलाने के चक्कर में लग गए हैं। यह एक अच्छा रोजगार अपने फालतू वक्त के लिए आपको मिल गया है, लेकिन एक चीज आप तय समझिए कि मैं न अपने 'इमोशंस' के प्रति संशय में हूं, न अपने निर्णय में। मुझे सिर्फ फांसी की सजा पाए हुए कैदी का सा थोड़ा वक्त अपने लिए खुद लेना और बिताना है, ताकि तसल्ली के साथ विदा ले सकूं। देखिए, फिर एक अप्रासंगिक बात दिमाग में आ गई है। मम्मी, यानी श्रीमती मैठाणी, एक दिन कह रही थीं इस संसार में आने के बाद हमेशा विदा लेने के मूड में रहना चाहिए। खास तौर पर मुझ-जैसी औरत को। इसी में मुक्ति है।' यह बात सिर्फ मम्मी पर ही नहीं, ऐसे हरेक आदमी पर लागू हो सकती है, जो मिसाल के तौर पर चल मेरे घोड़े टिक्-टिक्' वाली जिदगी में ऊब महसूस करता हो।"

"इसका मतलब है, वह बुढ़िया बहुत चमत्कारी औरत है। खैर, जिद्दी औरत के रूप में तो उसकी साख पूरे शहर में रही है। मैं ज्यादा नहीं जानता। मेरा कोई साबका नहीं पड़ा। कभी तुम्हारे साथ जाऊंगा। दू-पर-दू बातें करूंगा। बिना खुद बातें किए मैं किसी भी आदमी या औरत के बारे में कोई धारणा नहीं बनाता। चलो, वापस चले ऊपर। अब तुम्हारी रस्सा तुड़ाकर भागने वाली उतावली कुछ 'नार्मल' हो गई दिखती है।...लेकिन वो जो तुम बता रहे थे कि सुबह-सुबह फोर सिस्टर्स मिसेज मैठाणी के पास जा पहुंची थीं...इसका मतलब है, वो तुम्हारे मामले में जरूरत से कुछ ज्यादा ही दिलचस्पी ले रही हैं। शहर में तुमने जो माहौल बना दिया है, उसमें किसी का भी मिसेज मैठाणी के पास जाना कुछ माने रखता है।"

"मेरा खयाल तो यही है कि वो भी मम्मी को यही समझाने गई होंगी कि मुझ-जैसे चरित्रहीन, जंगली और खतरनाक आदमी को उन्हें अपने घर में ठहराना नहीं चाहिए। 'शॉपिंग' के लिए मम्मी निकलती रही हैं पिछले दिनों, तो न जाने किन-किन औरत-मर्दों ने उनको यही सलाह देने की कोशिश की है। कोशिशें क्या, बेवकूफी कहिए। यहां

तक कि आपके एडीटर शिरोमणि भी गए थे और तमाचा खाते-खाते बचे थे। मम्मी, आफ्टर आल, सचमुच एक जबर्दस्त औरत हैं और उन्हें समझने की कोशिश मैं भी नहीं कर सकता।"

"वह बुढ़िया क्यों तुमपर आशिक है? उसके बारे में लोगों से यही सुना है कि जब मिसेज मैठाणी 'टीन एजर' थी, तभी एक कन्वर्टेड ईसाई मिस्टर जोजफ चंद्रशेखर से शादी कर ली थी, लेकिन गोत्र अपना छोड़ा नहीं। बयालीस की क्रांति-ब्रांति के चक्कर में कम उम्र में ही चंद्रशेखर का देहांत हो गया, तो ईसाई समाज ने बहुत कोशिश की उन्हें अपनाने की, लेकिन मिसेज मैठाणी अपने खोल से बाहर कभी निकली नहीं। सुना था, इनके माता-पिता भी वापस ले जाने आए थे, तो सिर्फ इतना कहकर चुप लगा गई कि 'आप लोगों के यहां से मेरी विदाई हो चुकी है।'...विचित्र औरत है। सुना है, आजादी के बाद के दिनों में कभी खुद नेहरू ने इन्हें बुलवाया था। क्रांतिकारियों की विधवाओं के अभिनन्दन वाले दिल्ली समारोह में, लेकिन यह बुढ़िया अपने प्रोकवुड काटेज से बाहर नहीं निकली। एक बार शारदा पंडित ने शहर में चंद्रशेखर का 'स्टेच्यू' लगाने की योजना बनाई थी, लेकिन वह सब भी इस बुढ़िया ने नहीं होने दिया। खैर, यह तय है कि जो लोग 'एजनार्मल' किस्म के निर्णय लेते हैं, उनके पीछे इतिहास होता है।"

"मम्मी के बारे में फिर कभी विस्तार से बातें करूंगा अपसे। आपको यह तो, शायद, पता होगा ही कि मैं अपनी पढ़ाई के दिनों में भी मम्मी के साथ रह चुका हूं—पेइंग-गेस्ट की शक्ल में। अच्छा, सूरज भाई, मैं चलूं। मम्मी इतजार करती होगी।"

"कमाल हो, यार, पानी खौलने को रख चुका हूं। अब तुम इस बात की सनद तो दोगे नहीं, प्यारे, कि इस छोटे-से शहर में इतना बड़ा दोस्त तुम्हें कोई दूसरा मिलेगा नहीं। रुको, यह कहने की कोई जरूरत नहीं है कि—'सूरज भाई, इस शहर में आप ही पहले आदमी हैं'...अपन मक्खन को खाने की चीज समझते हैं, सुनने की नहीं। बाई द वे, तुमसे एक निहायत फिजूल बात पूछनी थी, जो हमेशा तुम्हारे चले जाने के

बाद याद आती है और तुम्हारा इन्तजार बना रहता है।...हालांकि बहुत ही जाती यानी 'पर्सनल' किस्म की बात हैं। मैं खुद नहीं समझ पा रहा हूं, कि पूछना ठीक भी होगा।"

कामरेड चाय बना चुके थे। चीनी चलाकर, प्याली शेखर की ओर बढ़ाते हुए बोले, "अगर बात तुम्हें नागवार लगे, तो मुझे माफ कर देना। मैं पूछना...यानी जानना..."

शेखर ने देखा कि कामरेड का चेहरा काफी गम्भीर हो आया है। बात कहीं अटक जा रही है और इस अंतराल को कामरेड चाय की चुस्कियां लेकर भरने की कोशिश कर रहे हैं।

"आप अब हिचकते रहे, तो मैं चाय नहीं पियूंगा।"—उसने प्याली को फर्श पर रख दिया।

"मैं जानना यह चाहता था, शेखर, कि मीना से तुम्हारा प्यार सिर्फ बातों तक ही सीमित था या कि बात काफी आगे बढ़ चुकी थी? आई मीन टू से, देयर दाज ए सेक्सुअल कान्टैक्ट विट्वीन यू एण्ड मीना ऑ ऑन्ली..."

तेज गति से अपनी बात खत्म करके, कामरेड चाय की प्याली पर झुक गए।

शेखर को कामरेड का यह अजनबी-सा शर्मीलापन बहुत ही लूभावना लगा और उसे अनायास ही हंसी आ गई—" आफ्वोह, सूरज भाई, 'रफ' और बेबाक अदमी होने का श्राप सिर्फ नाटक ही करते हैं। भीतर कहीं औरतों का-सा शर्मीलापन भी आपमें भरा हुआ है...हां, दूसरा, शायद, कोई पूछता तो हो सकता है कि मैं झापड़ मार बैठता, लेकिन यह बात—अप इसे क्या समझेंगे, मैं कह नहीं सकता—खुद मम्मी भी मुझसे पूछ चुकी हैं और उनको भी मैं बता चुका हूं कि एक बार यह नौबत भी आ चुकी थी कि शायद, 'एबार्शन' करवाना पड़े..."

"तब तुम हर्गिज-हर्गिज आत्महत्या नहीं करोगे!"—कामरेड के मुंह से यह बात एकाएक कुछ ऐसे निकली, जैसे सपने से चौंककर उठ बैठे हों, लेकिन दूसरे ही क्षण उनकी कौंचती हुई आंखें बुझै-सी गई—"लेकिन हत्या का इरादा तुम, शायद, आसानी से न बदल सको।"

शेखर सन्नाटे में आया हुआ, चुप रह गया।

"मुझे माफ करना, शेखर, मैं शायद, अपने अधिकार से बाहर की बात कर बैठा।"—कामरेड के चेहरे पर अवसाद उभर आया था।

"मेरी चुप्पी का कारण यह नहीं है, सूरज भाई! मैं तो इस हैरत में हूं कि ठीक वही बात आपने भी कैसे कह दी, जो इस बात को सुनने के बाद मम्मी ने कही थी।...हालांकि बहुत अमूर्त ढंग से ही मैंने मम्मी को बताया था। जैसे आप मुझसे पूछते हुए झिझक रहे थे, मैं यह मम्मी को बताते हुए शर्म और तकलीफ महसूस कर रहा था।... हैरत की बात यह भी है कि पूछने से पहले, लगभग आप की ही तरह मम्मी ने भी खासी-अच्छी भूमिका बांधी थी और कई बार 'मेरे बच्चे, मुझे गलत न समझना' कहते हुए बुढ़िया का चेहरा आपकी ही तरह संजीदा हो गया था। मम्मी के और आपके कहे हुए में सिर्फ 'कन्टेन्ट' ही एक सा नहीं—वाक्यों का 'कन्सट्रक्शन' तक लगभग एक-सा है।"

'माई, भिक्षा देना...'

जैसे किसी गहरे और निर्जन सन्नाटे में कोई पक्षी बोल उठे, खुली खिड़की में से किसीको करुण स्वर अकर, पूरे कमरे में फैल गया।

शेखर कुछ कहना चाहता था कि तभी नीचे से 'माई, भिक्षा देना' की आवाज दुबारा आई, और कामरेड सूरज चिहुंककर उठ खड़े हुए। बोले, "यार, औरतों की जो दुर्दशा हमारे देश में है, शायद ही कहीं हो। इन माइयों को भी इस बेकार और बेघरबार प्रदसी के अलावा कोई मिलता नही। हर हफ्ते, दुसरे हफ्ते आ पहुंचती हैं। मैं जरा इन्हें आटा डाल आऊं। चाय अगर तुम एक प्याली और पीना चाहो..."

"अब नहीं। मम्मी मेरा इंतजार करती होंगी। इस वक्त इजाजत दीजिए।"—कहते हुए, शेखर बाहर निकल आया। एक उड़ती हुई-सी नजर उसने आंगन में खड़ी माई पर डाली और सड़क की तरफ बढ़ गया।

कोहरा अब भी पूर्ववत था और उसे लगा बाहर निकलते हो, वह फिर अपनी पुरानी दुनिया में लौट आया है।

सात

शहर के निचले छोर की लम्बी-सी बाजार के दायें-वायें मकानों की कई कतारें हैं। अधिकांश में, नीचे छोटी-छोटी दुकानें हैं और ऊपर लोग रहते हैं।

जहां पहले डाक्टर दुबे की क्लीनिक हुआ करती थी, वहां अब बेकरी खुल गई हैं। ऊपर वाले हिस्से के लकड़ी के बरामदे में डाक्टर एस० सी० दुबे, रजि० मेडिकल प्रैक्टिशनर की तख्ती तार के सहारे तिरछी लटकी है और कई अक्षरों की सफेदी उड़ चुकी है। बीते समय का कुछ ऐसा असर उस पर पड़ा है कि न जानने वाले को भी इस बात का अहसास हो सकता है कि यह किसी भूतपूर्व व्यक्ति का नामपट्ट होगा।

कोहली बेकरी की बगल वाली छोटी-सी सीढ़ी पर से शारदा पडित और पार्वती बहनजी ऊपर पहुंचे, तब भुवन-मोहिनी देवी टीन की चादर के टुकड़े पर बड़ियां फैला रही थीं।

"अरे शारदाजी, आज सुबह-सुबह आप लोग यहां कैसे? बहन जी नमस्कार..."—मुड़ी हुई दरी को ठीक से फैलाते हुए भुवनमोहिनी देवी बोलीं—"बैठे..."

"हम लोग तो, आप भी जानती हैं, अपने स्वभाव से लाचार हैं। इस शहर के ज्यादातर लोग तो कुछ अंग्रेजों के असर और कुछ होटलों, सैलानियों की भीड़ के बीच अपने सामाजिक उसूलों की ओर से लापरवाह हो चुके हैं। हालांकि हम लोग इससे पहले नहीं आ सके, लेकिन चिंता प्रत्येक क्षण रही है। परसों ही मैं प्रोफेसर साहब के फ्लैट पर भी हो आया था और वहीं से मिसेज मैठाणी नाम की फितूरी औरत के पास भी चला गया और समझाने की कोशिश की कि इस गुण्डा एलीमेंट को अपने यहां पनाह मत दो।...लेकिन जनाब आज तक उसने किस की सुनी है, जो अब सुनेगी। खैर, मैं देख लूंगा दोनों को।...आपने ये बड़ियां बहुत बेवक्त डाल दीं। देखिए, दस बजा चाहते हैं लेकिन अभी तक इस शहर की नमी दूर नहीं हुई।" खादी की शेरवानी की ऊपरी जेब से 'रिस्टवाच' निकालकर देखने के बाद, शारदा पंडित ने अपनी आंखें भुवनमोहिनी देवी के चेहरे

पर गड़ा दीं—"ये पार्वती बहनजी तो आपके दुःखों की कल्पना करके रो पड़ी थीं!"

अवसाद, खिन्नता और ग्लानि की अनुभूतियां भुवनमोहिनी देवी के चेहरे पर लहरों की तरह उभरीं और डूब गईं। किंचित् विषाद-भरी मुस्कराहट के साथ, अपने-आपको संतुलित करती बोलीं, "शारदाजी, आदमी को अपना समय सहना ही पडता हैं। मैं आप लोगों के लिए चाय बनाऊं। अब तो अकेली पड़ गई हूं..."

"अरे, चाय-वाय कुछ नहीं। मैं पीकर चला हूं और बहनजी तो चाय पीती ही नहीं हैं। बयालिस के मूवमेंट के वक्त से सादा भोजन, उच्च विचार का संकल्प ले लिया था, खूब निभा रही हैं। इनके पास खादी की दो धोतियों से तीसरी धोती मैंने आज तक नहीं देखी। बस, हमसे यह सादा भोजन वाला नहीं निभता...कपड़ा तो खद्दर ही देखा, खद्दर ही सुना, और खद्दर ही पहना, मगर ब्राह्मण तो व्यंजन-प्रेमी होता आया है।"

"सो तो आपके स्वास्थ्य से ही दिख जाता है।" भुवनमोहिनी देवी ने कहा, तो शारदा पंडित ने अनुभव किया कि मीना वाले प्रसंग के प्रति उनमें शायद अन्यमनस्कता का भाव है।

बोले, "स्वास्थ्य तो, खैर, बहनजी का भी बुरा नहीं है।...लेकिन श्रीमती दुबे, इस वक्त हम लोग यहां औपचारिक बातें करने नहीं आए हैं। किसी भी तरह उस हरामजादे को शहर से बाहर फिकवाना है। मैंने प्रोफेसर तिवारी से भी बात की थी। उनके एक इशारे पर छात्रगण उसकी हड्डी-पसली एक कर देते। वो भी टाल गए। मेरा खयाल है, अगर एक बार आप श्रीमती मैठाणी से बातें करें और उन्हें बताएं कि आप जैसी स्वतन्त्रता सेनानी महिला को कितना अपमान बर्दाश्त करना पड़ रहा है, तो शायद, बात बन जाए। एक बार वह उस खोह से बाहर हो जाए, फिर मैं देखता हूं कि शहर में झील के अलावा उसे और कहां ठिकाना मिलता है।...मेरी, साहब आधी जिंदगी स्वतन्त्रता-संग्राम के सिपाही की हैसियत से कट गई। यह हादसा मेरे लिए चुनौती है और स्वयं गांधीजी ने मेरे कधे पर हाथ रखते हुए कहा था, 'शारदा पंडित,

अन्याय के विरुद्ध लड़ना, यही मानव-धर्म है।' अपनी आंखों के सामने समाज को इस तरह भ्रष्ट और निष्क्रिय होते देखना कि गुण्डा शिक्षक जैसे पूज्य व्यक्ति का गला पकड़ ले, उन्हें पीटे और उनकी साध्वी पत्नी तथा एक प्रातःस्मरणीया स्वतन्त्रता लक्ष्मी की कन्या पर कुत्सित लांछन लगाए—यह हम सबके लिए डूब मरने की बात है। मेरा जो मरतक अग्रेजों के जुल्म के आगे नहीं झुका..."

कहते-कहते; शारदा पंडित का गला भर्रा गया और 'क्षमा कीजिएगा, आपको दुखी कर रहा हूं, लेकिन दुख में ही सच्चे हितैषियों की परख होती है।' कहते हुए, अपनी आंखें पोंछने लगे।

"इनका स्वभाव ही ऐसा बन गया है, बहनजी! लाख इन्हें समझाती हूं कि आजादी की एक लम्बी लड़ाई आपने लड़ी अब आजादी के बाद की लड़ाई दूसरों को लड़ने दीजिए... लेकिन स्वदेश चिता इनसे नहीं छूटती।..."

"पार्वती बहन, चातक बूढ़ा भी हो जाए, तो स्वाती का जल ही पीता है। स्वदेश और स्वसमाज के प्रति अपने कर्तव्य और बलिदान को देने की अवधि सालों से नहीं, उम्र से नहीं, आदमी की सांसों से नापी जाती है। जब तक सांस है, तब तक संघर्ष है। जिस समाज में लोग आदर्शों के लिए संघर्ष नहीं कर सकते वह मृत हो जाता है।"—शारदा पडित के स्वर में तेजस्विता आ गई थी, लेकिन भुवनमोहिनी देवी के इस कथन से उनको गहरी निराशा और खीझ अनुभव हुई कि 'कुछ प्रसंग ऐसे होते हैं, जिनमें संघर्ष न करना ही बेहतर होता है, शारदा जी! बढ़ती हुई गर्द को उछालने से वह अपनी ही आंखों में पड़ती है। मुझे अब इस अप्रिय प्रसंग में कोई रुचि नहीं रही। वो दोनों भी जल्दी ही छुट्टी पर चले जाएगे। मैंने तो बम्बई जाने की सलाह दी थी, लेकिन प्रोफेसर सहारनपुर जाना चाहते हैं। वहां उनके बड़े भाई हैं। मैं सुरेन्द्र के पत्र की प्रतीक्षा कर रही हूं...उसी के लिए ये बड़ियां भी डाली हैं। बरसों यहां रहते-रहते हम लोग पहाड़ी ही हो गए।"

"यही तो मैं कहने आया हूं, बहनजी, कि अपनी मुसीबत में आप अपने को अकेला न समझेंगी। बेचारे सुरेन्द्र भैया अब वहां बम्बई से—वो भी अपनी नई-नई नौकरी में बाधा डालकर–कहां इतनी दूर

अपनी बहन की इज्जत-हतकी की लड़ाई लड़ने आएंगे? अब यह सब हम लोगों का फर्ज है।"

"मैं आप लोगों की हमदर्दी को हमेशा अपने साथ महसूस करती हूं। देखिए, इसी के सहारे पड़ी हूं—बाकी सारे लोग बिखर गए। यहां से चल देना, मेरे लिए डाक्टर साहब को अतिम रूप से छोड़ जाना होगा। इस घर में उनकी आत्मा बसी है।"

भुवनमोहिनी देवी के बोलने में कहीं मीना वाले प्रसंग को उठाने की इच्छा न देखकर, शारदा पंडित को सिर्फ खीझ हो रही थी।

अपनी खिन्नता से उबरने की कोशिश करते हुए, शारदा पंडित बोले, "जब लोग आदर्शों के प्रति उदासीन होने लगते हैं, तो यह व्यक्ति नहीं राष्ट्र की क्षति है। मैं कहूंगा, मानव जाति की क्षति है। इस शहर में आखिर आपका भी गौरवपूर्ण अतीत बीता है, जो स्वतन्त्रता-संग्राम के इतिहास के अमर पृष्ठों में अकित रहेगा..."

श्रेय इतना ही देना-लेना चाहिए शारदाजी, जितना संभल जाए।"

"मैं समझ रहा हूं, बहनजी, श्राप इस कटु प्रसंग को टालना चाहती हैं, लेकिन आपके गौरवपूर्ण अतीत को देखते हुए, मैं आपसे चंद बाते अपनी तसल्ली के लिए पूछना चाहता हूं।...आपके मन में अपनी बेटी, अपने जामाता और अपने भी इस भीषण सामाजिक अपमान के प्रति कोई भावना नहीं? उस नर-पिशाच के लिए आपके भीतर इतनी उदासीनता का आखिर कोई तो कारण होगा?"

"कारण तो है। इसे मैं बता भी दूं। इस सब में मीना की गलती भी कुछ कम नहीं। वह लड़का पहले भी उसके पास आया-जाया करता था और मैं खुद समझती हूं कि शायद, दोनों की कुछ इस तरह की 'अण्डरस्टैडिंग' भी बन गई हो कि शादी कर लेंगे। मैं ये नहीं जानती उस लड़के का क्या इरादा है, उसका चरित्र क्या है...लेकिन शारदाजी, मैं भी लड़की रही हूं। मैंने उम्र देखी है। इतना कह सकती हूं कि लड़कियों को भी कुछ एहतियात बरतना चाहिए। बात कभी इतनी दूर तक नहीं जानी चाहिए कि किसी के लिए जीवन-मरण

का प्रश्न बन जाए। दूसरे पक्ष का ध्यान न रखना ठीक नहीं होता।"

शारदा पंडित अपनी अपेक्षाओं के बिल्कुल विपरीत स्थिति को सह नहीं पा रहे थे। उन्हें एकाएक लगा, जैसे सारे शरीर में कुछ लार-सी रिस रही है। चेहरा कुछ सख्त करते हुए बोले, "बात इतनी ही नहीं है। मैं बताकर आपको दुःखी नहीं करना चाहता था, लेकिन शर्मिंदा हूं कि नौबत आ चुकी थी...हालांकि मैं जानता हूं, यह महज एक आदर्श और गौरवपूर्ण परिवार की सुशील कन्या पर मिथ्या लांछन लगाना है...आपने ही कहीं कहा है, उसके बारे में आप कुछ नहीं जानतीं। वह कहता है कि आपकी बेटी और आपके जामाता की हत्या करने के बाद ही वह शहर छोड़ेगा...उसका कहना है कि एक वक्त 'अबार्शन' कराया जा चुका..."

भुवनमोहिनी देवी भीतर-भीतर बहुत आहत हुईं, लेकिन दूसरे ही क्षण उन्होंने अपने-आपको सतुलित कर लिया। किंचित् सख्त स्वर में बोली, "अच्छा, आप लोग अब चलें। फिर कभी आइएगा। मुझे कुछ जरूरी काम करने हैं।...सिर्फ इतनी प्रार्थना करना चाहती हूं, आपका जीवन और व्यक्तित्व, दोनों बहुत प्रेरक हैं लेकिन इस प्रसंग में अपने आदर्शों को अपने तक ही सीमित रखें, तो कृपा होगी। मैं बेहतर जानती हूं कि इस प्रसंग को तूल देने में किसी का हित नहीं है। प्रोफेसर का भी नहीं..."

शारदा पंडित यह कल्पना करके कुछ सहम गए कि कहीं बुढिया यह न कह दे कि 'सिर्फ आपके सिवा' और उठ खड़े हुए—"चलिए, पार्वती बहन! विपत्ति में आदमी का विवेक धंधला हो ही जाता है। उसे अपने-पराये की पहचान नहीं रहती। लगता है, श्रीमती दूबे बहुत अतकित हो गई हैं। डर रही हैं कि कहीं वह सचमुच इनकी बेटी-जामाता की हत्या न कर दे।...अरे साहब, गोरखाराज थोड़े ही चल रहा है। मैं कल ही सी० एम० साहब को चिट्ठी खिलकर, यहां की पुलिस 'अथारिटीज' को हिदायत दे देने की सलाह देता हूं। अच्छा, बहनजी, हम लोग चलें। आप फिक्र न करें, परमात्मा सब ठीक करेगा।"

सीढ़ियां उतरते-उतरते ही शादा पंडित बोले, "लगता है, प्रोफेसर को भी इसी बुढ़िया ने सनकाया होगा। 'डिफेमेशन और गुण्डागर्दी के लिए मैं पास प्रत्यक्षदर्शी गवाह उसके पक्ष में देने की तैयारी कर चुका था, लेकिन वह डरपोक बाभन यह कहकर टाल गया कि इन सब बातों को ज्यादा तूल देना उचित नहीं है।' ये मास्टर किस्म के लोग स्वभाव से ही कुछ कायर होते हैं।"

चुपचाप चलते दोनों बस स्टेशन वाली नुक्कड़ पर पहुँच गए, तो शारदा पंडित बोले, "अच्छा, तुम आश्रम की ओर जाओ, अब शाम को भेंट होगी। मैं जरा सामने पान देता हुआ सिद्दकी के पास जाऊंगा और वहीं से प्रेस चला जाऊंगा। सादकीय भी लिखना है और चेयरमैन साहब के अभिनन्दन की योजना का विवरण वगैरह भी छापना है। तुम शाल वाले ऑर्डर तैयार करवा लेना। सर्दी पूरी तरह आ चुकी है।'

आठ

माताओं की टोली रामगढ़ी की दिशा में जा रही थी।

अभी वो लोग थोड़े फासले पर ही थीं कि ध्यानी ठाकुर ने छड़ी टेके खड़े शारदा पंडित की शोर झुककर, आवाज थोड़ा दबाकर, कहा—"सम्पादक महाराज, कुछ पता है आपको, ये भगवतियां कहां से वापस लौट रही हैं!"

शारदा पंडित ने पान के बीड़े को एक कोने में करते हुए, जिज्ञासा व्यक्त की, तो उसने रहस्य-भेदन की सी मुद्रा में कहा—"भगतने कामरेड श्यामू के डेरे से लौट रही हैं!"

"कुछ खुलासे में कहो, ध्यानी! तुम्हारे कहने से बात गहरी लग रही है, मगर हमें सचमुच कुछ इल्म नहीं कि इन भगवतियों पर तुम्हारी नजर क्यों गड़ी है।"

"सम्पादक शिरोमणी जी, मैंने उस दिन भी अर्ज किया था कि जब मालिक सोते हों, कुर्ते को जागना पड़ता है। मैं गरीब आदमी ठहरा। मेरी नजर तो हर वक्त सिर्फ चूने-इत्थे की इन घंटियों में गड़ी रहती है।...मगर शिरोमराज, ये हद ही है कि आपके बिरादर श्यामू कामरेड ने सरस्वती माता को घर बिठा लिया है और आपको अभी

तक हवा नहीं लगी।"

शारदा पंडित के हाथ से छड़ी फिसलकर, नीचे गिर गई। जैसे छड़ी गिरने की अवाज में से ब्रह्म बोला हो, शारदा पंडित ने अपने-आपको चैतन्य अनुभव किया।

जब तक में ध्यानी पनवाड़ी से शारदा पंडित ने सारा मामला समझा तब तक में माताओं की टोली आगे निकल गई। शारदा पंडित उन्हें बहुत गौर से देखते रहे, जैसे गोधूलि में वापस लौटती गायों के झुण्ड को देख रहे हो। संख्या में वो कुल पांच थीं, मगर अपने जोगिया वस्त्रों में संघबद्ध होने की प्रतीति दे रही थीं।

माताओं की तरफ से आंखें हटाकर, शारदा पंडित बोले —"आजकल कुंवर साहब शहर में आए हुए हैं। आज शाम को 'विश्रांत' में 'डिनर' है कुछ लोगों का। कुंवर साहब को जिला परिषद के लिए खड़ा करने का निश्चय किया है हम लोगों ने। वहीं इन लोकल मसलों पर भी बातचीत हो जाएगी।'

"आज मुद्दतों के बाद फिर आपके चेहरे पर रूप उतर आया है। यह छबी आपकी सिर्फ पन्दरा अगस्त सैतालिस को देखी थी हमने। इस शहर को आप जैसे तपस्वी और त्यागी सुधारकों की ही जरूरत है। आपकी जगह कोई दूसरा होता आजादी की लड़ाई का इतना बड़ा बस्ती पीठ पर लादे, तो खुद चेयरमैनी का इलेक्शन लड़ता।"—कहते हुए, ध्यानी पनवाड़ी ने प्रणाम की मुद्रा में मस्तक झुका लिया।

शारदा पंडित ने अनुभव किया, चुपचाप. आगे निकल चलना चाहिए।

यह लगभग दोपहर बाद का वक्त था। सर्दी कम थी। शारदा पंडित अपने 'स्वदेश' कार्यालय की ओर चले जा हे थे कि उन्हें शेखर सामने से आता दिखाई दिया। शारदा पंडित पीक थूकने के बहाने, एक किनारे हो गए।

राजशेखर पहुंचा, तब कामरेड अपनी पुरानी मेज के सामने बैठे कुछ लिखने में लगे थे और वह उन्हीं के नजदीक गेहूं बीनने में लगी थी।

दरवाजा खुला पड़ा था, मगर फिर भी वह बाहर ही रुक गया।

शेखर का रुकना कामरेड को तो नहीं, मगर उसे मालूम पड़ गया और वह असावधान रहते में सिर पर से खिसकी धोती के पल्लू को सिर पर करती, संभलकर बैठती, धीमे से बोली, "सुनो जी, भैयाजी, आए हैं।"

कामरेड लिखना छोड तुरन्त पलटे, मगर उठने से शेखर ने रोक दिया—"बैठे रहें, दद्दा!"—और पास में ही पड़ी लोहे की कुर्सी पर बैठ गया। हाथ में थमा पैकेट उसने धीमे से मेज पर रख दिया—"भाभीजी के लिए है, आपके लिए नहीं।"

"यह क्या, शेखर भाई, बोझ से इस गधे को लादे ही चले जाग्रोगे? ये तो हम खुद ही समझ गए होते, यार, कि इन्हीं महाशय के लिए होगा—हमारी औकात तो ज्यादा से ज्यादा इक बीड़ी के बण्डल और एक दियासलाई की बनती है।"

कामरेड ने कहा मुस्कराते हुए ही, मगर मन का विषाद छिपा नहीं।

"मैं अगर जानता, कामरेड दद्दा, कि इससे आपके—मेरे बीच फासला आ जाएगा, तो शायद, हिमाकत करता नहीं। मैं इस गलतफहमी में था कि आपके काफी नजदीक हो चुका हूं।"

कामरेड समझ गए कि उसके कहने में आत्मीय किस्म का उलाहना-भर है। वो खुद महसूस कर रहे थे कि उनके बोलने में कुछ औपचारिकता आ गई है।

कलम एक ओर रखकर, उन्होंने स्नेह के साथ राजशेखर के हाथों को अपने हाथों में ले लिया। बोले, "शेखर मैं शायद बहुत रूखा आदमी हूं, मगर यकीन मानो, मैं अभी तक भी तुम्हारे प्रेम के बोझ से हलका नहीं हो पाया हूं। मैं तुम्हें बता नही सकता कि कल कैसी तंगदस्ती की मनःस्थिति में घर से बाहर निकला था और कितनी फजीहतें उठाकर वापस लौट रहा था। तुम मेरी हालत देख रहे थे ना? लेकिन वह सिर्फ मीलों पैदल चलने की थकान नहीं थी। कभी-कभी जिन्दगी में ऐसे भयानक क्षण आ जाते हैं कि इन्सानियत पर से ही विश्वास उठने की नौबत आ जाती है।"

कामरेड की आंखों से आंसू बह रहे थे, मगर चेहरे पर कहीं तनाव नहीं था। शेखर ने पाया कि उसके सिसकने की आवाज कानों तक आ रही है। वह अपनी ही जगह पर बैठी थी और मुंह पर पल्लू कर लेने से

उसका सिर अधखुला हो आया था।

उसे लगा, वातावरण बहुत भारी हो गया है। एकाएक ही उसने कहा, "भाभीजी के लिए मैं धोती-ब्लाउज तो ले शाया, मगर 'विग' लाना भूल गया।"

अब कामरेड भी पीछे मुड़े। अपना मुंह तौलिए से पोंछा और सरस्वती की ओर देखते बोले, "नहीं, इनके लिए विग' हर्गिज नहीं खरीदना है। तुम तो पहाड़ों पर काफी रहे हो, शेखर! यहां के तीज-त्योहार, सब तुमने देखे हैं। यहां टोकरी में मिट्टी भरकर हरियाली बोई जाती है ना? मैं चाहता हूं, इस मिट्टी की हांडी पर हरियाली के अंकुरों का उगना और बढ़ना देखें। जैसे मछुआरे अपने को डूबने से बचाने के लिए कमर में मूंज की रस्सी बांधकर गहरे पानी में उतरते हैं, ठीक ऐसे ही, अपने आपको खत्म हो जाने से बचाने के लिए मैंने इस औरत का सहारा लिया है। मैंने तय किया है कि एक पल को भी मुझे यह नहीं भूलना होगा कि मैं इस औरत का अहसानमंद हूं। जानते हो, आज सुबह-सुबह इस औरत ने क्या कहा मुझसे मजाक में? कहने लगी कि तुम्हारे घर झाड़ू लगाते में जितने बीड़ी के टुकडे निकले हैं, इतने अनाज के दाने नहीं।'... और यह सब कहते हुए इस औरत के चेहरे पर, इसकी आंखों में ठीक वैसा ही भाव था, जैसा खेत जोतते और सींचते, बीज बोते वक्त किसानों में होता है। बंजर में भी भविष्य को देखना—यह सिर्फ इंसान के ही हिस्से में है, शेखर!...और, प्यारे, मैं कहना चाहता हूं कि हिन्दुस्तानी औरतों का कोई जवाब नहीं है। जैसी मारक जिंदगी जीने के बाद भी ये रेगिस्तान के ऊंट की तरह अपने में करुणा बचाए रहती हैं—ये हद हैं।"

"सब औरतें नहीं।"

शेखर के इस संक्षिप्त-से कथन और एकाएक किंचित सख्त हो आए चेहरे को देखते ही कामरेड ने समझ लिया कि बात क्या है। बोले—"बेशक, सभी औरतें नहीं।"

"भैया जी, मैं चाय बनाऊं। कल सुबह आपको चाय भी नहीं पिला सकी।" कहती, वह उठ खड़ी हुई और अब पहली बार शेखर ने देखा कि कमरे की बगल में जो छोटी-सी स्टोरनुमा, निहायत अपर्याप्त-सी

जगह थी—और रद्दी सामानों की वजह से जो पहले यह प्रतीति भी नहीं देती थी कि जगह है—एक संक्षिप्त, किन्तु पर्याप्त रसोईघर का आभास दे रही है।

"मैं जब कल सुबह आया था, आप जा चुके थे। मैंने दरवाजा खटखाया, तो एकाएक चूड़ियों के बजने की सी आवाज सुनाई पड़ी।..."

"जब ये आई थीं, इनके हाथों में सिर्फ लकड़ी के कड़े थे। रात मुझे इनकी चूड़ियों के लिए शबनम स्टोर्स जाना पड़ा और झूठ बोलना पड़ा कि भाभीजी ने मंगवाई हैं।...लेकिन इनकी जिद्द थी कि नहीं, चूड़ियां आज ही पहनूंगी।...और सिन्दूर भी। देखा होगा तुमने, कैसी हांडी के ऊपर रांगोली रचे बैठी हैं।

"मगर आप तो इन सब चीजों को गैर-जरूरी..."

"अपने लिए समझता हूं। दूसरों पर जबरदस्ती अपनी रुचियों को लादना ठीक नहीं। इससे सिर्फ अप्रसन्नता पैदा होती है।

"मेरे 'एटीट्यूड', मेरी बातों से यहां के चन्द लोगो ने और मेरे घर वालों ने बातें जरूर उड़ा रखी हैं। हां, अपनी 'स्टूडेंट लाइफ' से ही मैं वामपंथी विचारधारा से लगाव महसूस करता रहा हूं। उस तरह के मेरे दोस्त भी रहे हैं और मैंने शुरू के दिनों में डेली पेपर्स में जरनलिस्ट की हैसियत से कुछ दिन काम भी किया है। खैर, इस लम्बे मसले पर फिर कभी बातें होंगी। पहले चाय पी लें तुमने ये नहीं बताया कि वो मास्टरनियां ओकवुड गई थीं, उन्होंने मिसेज मैठाणी से क्या बातचीत की?"

"कोई खास नहीं, फिर कभी बताऊंगा। भाभीजी को आपने मेरे बारे में आगाह कर दिया है न कि मैं बहुत गलत और खूंखार किस्म का आदमी हूं?"

"भई, शेखर, प्लीज! तुम यह 'सेल्फ-टार्चरिंग' का सिलसिला बिलकुल बन्द कर दो। मेरे सामने तो बिलकुल नहीं।...ये बेचारी सीधी, गंवार औरत हैं। आधी उम्र दिशाहीन भटक कर, इस कंगले के आई हैं। इसे नाक-भौं सिकोड़ने का वक्त है? मैंने आज तुम्हारे चले जाने के बाद कुछ बातें बताई थीं, मोटे तौर पर।—और जानते हो, ये क्या कह रही थीं?"

"..........."

"ये कह रही थीं, भैयाजी अभी पौदा हैं, उन्हें पेड़ होना है।—" कहते-कहते, कामरेड ने उसके सिर पर हाथ रख दिया। वह संकोच के मारे अपने में सिमटकर रह गई।

कामरेड बोले, "प्यारे, यह बात भी 'क्लासिक्स' के आसपास की चीज है। ज्ञान सिर्फ किताबी चीज नहीं है, ये जिंदगी से गुजरने पर ज्यादा हासिल होती है।"

"खैर, इतना तय है कि ये सामान्य औरत नहीं हैं। कल सुबह थोड़ी ही देर में इन्होंने मुझे बेबाक कर लिया। कहने लगीं, भैयाजी, हम जिन्दगी-भर प्यासी चलती आई हैं। पहले हमने अपने को होम करने का फैसला कर लिया है, तब यहां टिकी हैं।'...ईश्वर को न मानिए, प्रकृति को तो मानना ही पडेगा। जैसी आपकी पर्सनेलिटी' है और जो आपकी परिस्थितियां हैं, मानसिक बनावट है—लगता है, प्रकृति लगातार देखती रही है, और तब कहीं बहुत सावधानी से गढ़कर, और पूरी तरह 'इक्जेमिन' करके इनको आपके करीब भेजा है।"

"तुम ठीक कहते हो, शेखर! शायद, ये मुझे और मेरे साथ रहने की तकलीफों को बर्दाश्त कर ले जाएंगी।"—कामरेड के कहने में गहरी संसक्ति थी और उनका इस वक्त का चेहरा देखकर, यह कल्पना करना कठिन था कि यही व्यक्ति था, जिसके चेहरे, पर अक्सर मौत के वक्त का सा स्याहपन पसरा रहता था।

"कहो, चाय कैसी लगी?"

"नशीली महसूस हो रही है—लगता है, भाभीजी ने बौद्ध धर्म की अफीम मिला दी है इसमें।"

"अरे, भई, ये सनातन-धर्मी संन्यासिनी रही हैं—बौद्ध भिक्षणी नहीं!"

"अपने बाहरी लुक' में तो ये बिलकुल बौद्ध भिक्षुणी लगती हैं। कल शाम ये मांगने वाली की तरह खड़ी थीं सिढ़ियों के पास—और आज सुबह देने वाली की तरह दरवाजा खोला था इन्होंने!"

"तुम्हें भी कुछ दिया?'—कामरेड का सामान्यतया रूखा दिखने वाला चेहरा मजाक की कौंध से भर गया—"हमको भीये 'भैयाजी' ही

कहती थीं और हमें बहुत-कुछ दिया है!

"बहुत-कुछ कहकर, आप दिए हुए को कम करके बता रहे हैं, कामरेड दद्दा!... "बहुत-कुछ नहीं, सब-कुछ कहिए। स्त्री में यह गरिमा सर्वस्व देने के बाद ही आ सकती है, कि वह भूखीनंगी रहकर भी पुरुष के संघर्ष में हाथ बंटाने को तैयार खड़ी दिखाई पड़े। ऐसा अपूर्व प्रेम अगर मीना से मुझे मिला होता..."

"तो तुम्हारा कुछ होता-जाता नहीं, शेखर! ज्यादा से ज्यादा तुम अब तक एक-दो गोल-मटोल बच्चों के बाप बन गए होते। वह एक बड़ी औरत की लड़की है, मगर मां पर वह गई नहीं।"

"खैर, मैं भी उसको ऐसा सबक सिखाऊंगा..."

"शेखर, प्लीज, इस वक्त तुम यह चर्चा छोड़ दो। हम लोग कभी देर तक आपस में बात करेंगे और मैं कोशिश करूंगा कि अपनी बात को अन्तिम रूप से कह सकूं। उसके बाद फिर कभी तुम्हारे इस 'अफेयर' में दखल न दूंगा।"

"मुझे अब इजाजत देंगे?' कहते हुए, उसने कलाई हवा में उठाई, तो कामरेड थोड़ा-सा खिसिया गए— "सॉरी, डियर! प्रेम के दीवाने के आगे क्रांति की लफ्फाजी झाड़ना सचमुच बेवकूफी का काम है।..."

तभी दरवाजे पर खटखट हुई। शेखर ही उठा। देखा— एक नौकरनुमा लड़का था, 'विश्रांत' होटल की यूनीफार्म में। उसने एक लिफाफा आगे बढ़ाया, उस पर कामरेड का नाम लिखा था।

खोला गया, तो उसमें एक छोटी-सी स्लिप थी। हाथ की लिखावट में, सिर्फ दो-तीन वाक्य थे— 'आज रात आठ बजे शहर के कुछ मित्रों को 'डिनर' पर आमंत्रित करने का सौभाग्य प्राप्त हो रहा है। आप से भी विनती है, पधारकर कृतार्थ करेंगे। सामिष-निरामिष, दोनों तरह के भोजन की व्यवस्था है।—कृपाकांक्षी, अहिपालसिह।'

कामरेड ने हलके से मुंह बिचकाया— "ऊंह, बेकार की बला है। सुना है, इस बार डिस्ट्रिक्ट बोर्ड की चेयरमैनी के लिए खड़ा होना चाहते हैं। केबिनेट मिनिस्टरी से लेकर, डिस्ट्रिक्ट बोर्ड–म्युनिसिपल

बोर्ड की चेयरमैनी तक—कर्णसिंह से लेकर कुंवर अहिपालसिंह तक, हर राजा-महाराजा पालिटिक्स में रेस के घोड़े की तरह शामिल हुआ जा रहा है—हां भई, कौन हैं। बाहर? कुंवर साहब से कहना, हम नहीं आ पाएंगे।"

"अरे, चले जाइए कामरेड दद्दा! सिंह साहब भले आदमी हैं। कम-से-कम दो लाइनें लिख ही दीजिए।"

'हां, ठीक कहते हो। शिष्टाचार का ख्याल तो रखना ही चाहिए।' कहते हुए, कामरेड ने प्रीति-भोज में शामिल हो सकने में अपनी असमर्थता और आमंत्रित किए जाने के प्रति आभार व्यक्त करते हुए, दो पंक्तियां लिखकर, चिट उसी लिफाफे में बन्द करके, नौकर को दे दिया।

नौ

जहां तक रिक्शा जा सकता था, कोई दिक्कत नहीं हुई, मगर मोड़ पर से नीचे काफी गहरी ढलान में रामगढ़ी की ओर पैदल चलते, दोनों को ही असुविधा महसूस होने लगी।

"लौटते वक्त इस चढ़ाई को पार करना और मुश्किल होगा।'—पार्वती बहन ने लम्बी सांस लेते कहा, तो शारदा पंडित भी कुछ क्षणों को छड़ी टिकाए रुक गए—"भई, आना जरूरी हो गया। सत्याग्रह और धरनों के अनुभवों ने यही एक सबक दिया कि जिस भी काम को हाथ में लो, बस, लग के करो। स्थगित करने से काम हाथों से छूट ही जाता है। शौकत को कह दिया है, रिक्शा रोके रखेगा। बीस मिनट जाते, बीस वापस लौटते और बीसेक बतियाते–बस! आप डेरे पर पहुंचकर विश्राम करना। मुझे कंवर साहब के प्रीतिभोज में जाना होगा।"

"प्रीतिभोज में या डिनर में?"–पार्वती बहन ने आंखें गड़ाकर देखा, तो शारदा पंडित पहले कुछ हतप्रभ हुए, मगर तुरत ही हंसते हुए बोले, "आप तो, बहनजी, मरते दम तक मजाक करती रहोगी।"

अपनी बात खत्म करके शारदा पंडित ने छड़ी को हवा में ऐसे खेल-भाव से घुमाया, जैसे शुद्ध घुमक्कड़ी निकले हों।

"निराले में भी 'बहनजी'–'बहनजी' रटने की कौन जरूरत है?"—अपने स्थूल शरीर के कारण थक चुकी पार्वती बहन को शारदा पंडित का उम्र की मार से उन्मुक्त दिखना इस वक्त शायद कुछ खल रहा था।

"अभ्यास असानी से नहीं छूटता ना। आप इधर कुछ तेजी से बुढ़ा रही हैं। थोड़ा ही चलने में हांफ चढ़ गई।"

"ब्रह्मचर्य का पालन न करने से बुढ़ापा जल्दी आ ही जाता है। सब लोगों से आपकी तरह यम-दम-नियम से रहना तो सधता नहीं। रामदुलारी भी बहुत तारीफ कर रही थी कि 'बाबूजी बड़े नियम से रहते हैं।'...जाने कौन-सी जड़ी-बूटी खाई हैं तुमने। जंगली मृग हो गए हो।

"गनीमत है, जानवर नहीं कहा तुमने।"लोगों के कान बुढ़ापे में कमजोर हो जाते हैं, कम सुनाई देता है। झंझटें बचती हैं। तुम्हें अब जवानी के दिनों से भी ज्यादा सुनाई देने लगा। तुम्हारे जैसे कान मैंने भी कर लिए होते, तो कभी का सब मिट्टी में मिल गया होता।"

"आप तो, बस, वही एक पुरानी हड्डी जेब में धरे घूमते हो।...मगर खुद सोचो, अब इस उम्र में तुम्हें आश्रम की विधवाओं से सम्बन्ध रखना शोभा देता है? कहीं दूसरे का अबालबवाल किसी ने तुम्हारे गले मढ़ दिया तो सारा स्वतंत्रता— सेनानीपन झड़ जाएगा।"

"ज्यादा मत बोलो, 'हार्ट अटैक हो जाएगा। तुम्हारी बातें कोई सुन ले, तो शारदा पंडित की क्या 'इमेज' बने? अरे, भई, हम-तुम पति-पत्नी न होते भी, एक ही रथ के दो पहिए हैं। आज समाज में जो हम दोनों की जगह बनी है, दोनों के आपसी जोग से बनी है। इसी जोग को दम रहते बनाए रहना है।...कमअक्ली आदमी को कैसे ले डूबती है, खुद तुम्हारी आंखों के आगे है। जो क्रान्तिकारी विश्वबंधु, बस, फांसी पर झूलते— झूलते बच गया, आज उसकी दुर्गति देखती हो। मर गया तो कोई मिट्टी उठाने वाला न मिलेगा। घरवाली उसकी तांगेवालों की बीवी की तरह बिना इलाज मर गई। लड़का इण्टर से आगे। नहीं बढ़ पाया, म्यूनिसिपैल्टी में बाबूगिरी नहीं मिल रही। हम लोगों का विपिन, देखना, जल्दी ही तराई के लैण्डलॉर्डों की गिनती में आ जाएगा।...तो ये सब

चीजें आती हैं, मौकों को कल्पवृक्ष की शाखा की तरह पकड़ लेने से। आत्मसंकोची इंसान जीवन में कुछ हासिल कर नहीं सकता।...और ये छोटी बातें कि तुम्हारे कौन-से लोगों से, किस तरह के ताल्लुकात थे, मेरे किस तरह के—ये मायावी जीवन की मृगछलना तो चलती रहती है। बुद्धिमान लोग खाए को पचा के रस बना लेते हैं। बेवकूफ उगलकर, अपनी भी गत बिगाड़ता है, देखने वालों का जी भी खराब करता है।... अब इसी भगवतिया के नालायक बेटे को देखो, उसके जैसा दिमाग वाला है कोई शहर में?... मगर हंसिए में गला फंसाकर, हथौड़े से खुद के ही कपार को पीटता रह गया है।...हम मानते हैं कम्युनिस्ट डांगे साहब को। तुम्हें याद तो होगा? जब एक बार यहां आए थे तो पता चला उनके स्टैण्डर्ड का कोई होटल इस शहर में मिलना मुश्किल हो गया।''रद्दी बेचकर खाने वाले जनता की लड़ाई लड़ेंगे? और अब देखो कि घरवालों ने जाने कितने रिश्ते ढूंढे, मगर पहले किसी चपरासी की बहन से शादी करने पर अड़ा रहा—और अब जाने कितनों की जूठी विधवा भगतन घर में बिठा ली। घर जलाकर तापना और किसे कहते हैं। ज्ञानी जो जन होते हैं, सो अपने आदर्श को भी सम-विषम जांच के चलते हैं, मूर्ख अपने चूतियापे को भी गले में लटकाए घूमना चाहता है।"

"तुम क्या सोचते हो, भगतनों से धरना करवा देने से वह सरस्वती भगतन को घर से बाहर कर देगा? और कर भी देता है, तो इससे हमको क्या मिलना है?"

"ये सब तुम नहीं समझोगी, पारबती! शत्रु पर आघात करने के मौके जो चूक गया, उसकी खैर नहीं। तुम क्या नहीं जानती कि वह कगला हमारा जीना कैसे हराम किए बैठा है? अपने सड़ियल अखबार के अगस्त इश्यू में हम लोगों को समाज का कोढ़ किसने घोषित किया था?...मगर ऐसे जाने कितने क्रान्तिकारियों को बेरी की तरह निगल गए शारदा पंडित! अगस्त्य गोत्र है मेरा! हाजमा रखता हूं, बच्चू तुम एक ही जिद्दी हो—निकालोगे नहीं भगतन को, मगर मैंने भी गले का ढोल न बना दिया उस व्यभिचारिणी को, तो मेरा नाम शारदा पंडित नहीं!

"आप तो क्रोध में भी होते हो, तो राम-नाम जपने की शांतता में रहते हो। ये कला हमको नहीं आई।" कहती पार्वती बहन थोड़ा विश्राम करने बैठ गई।

रामगढ़ी के आश्रम का भगवा ध्वज अब साफ दिखने लगा था और थोड़े-से अंतराल पर रह जाने से मंदिर और धर्मशाला के इर्द-गिर्द मंडराती माइयां भी।

एक माई की नजर इन दोनों की ओर गई, तो उसने सबको सूचित किया—'पार्वती बहनजी आश्रम में आ रही हैं।'

प्रीतिभोज-पूर्व की चहल-पहल शुरू हो चुकी थी, जब शारदा पंडित 'विश्रांत' पहुंचे। शाम हो चुकी थी और होटल में की गई रोशनी काफी दूर तक वृत्त में फैली थी और आस-पास के पेड़-पौधों के कारण वातावरण वनस्पति उद्यान का सा हो आया था।

भगवत बाबू आज खादी का बढ़िया सूट पहने थे। देखते ही 'पंडितजी प्रणाम!' कहते हुए झुके और 'कॉमन हाल' की तरफ संकेत करते हुए बोले, "पधारें। रायसाहब लोग भी आ चुके हैं, आपका इंतजार हो रहा है। मैं भी अभी-अभी बाहर से चला आ रहा हूं। घर जाने का अबसर भी नहीं मिला। इस्टेट के काम से जाना पड़ा।"

शारदा पंडित समझ गए कि भगवत बाबू तक बात अभी पहुंची नहीं है। पता तो रायसाहब को भी है, कुछ और लोग भी जान चुके होंगे, मगर लगता है, संकोच में किसी ने जिक्र नहीं किया है।

"हां, खैर, होना तो इस वक्त आपको अपने घर में ही चाहिए था। जब घर में मंगल कार्य हो रहा हो, घर के बड़े का बाहर रहना परिवार वालों की खुशी कम कर देता है।...मगर कुंवर साहब भी यही सोचते होंगे कि यहां की व्यवस्था कोई दूसरा आदमी न संभाल सकेगा।'—शारदा पंडित प्रेमभाव से इतना कहकर आगे बढ़ने को ही थे कि भगवत बाबू नै चकित भाव से कहा, "हमारे घर में मंगल-कार्य? अच्छा, हो सकता है, भरत की बहू...मगर अभी तो 'डिलीवरी' का वक्त काफी दूर बता रही थीं, भरत की मां!"

"अरे भगवत बाबू, मैं दूसरी 'डिलीवरी' की बात कर रहा हूं।... मगर आप तो ऐसे चकित भाव से मुझे देख रहे हैं, जैसे आपको खबर ही नहीं? सारे शहर में आपके घर नई बहू आने की खबर है और..."

"क्या कह रहे हैं, पंडितजी, श्राप? पहेली क्यों बुझा रहे। हैं?"—भगवत बाबू के चेहरे पर अभी भी सिर्फ चकित भाव की चमक थी।

"अब मैं क्या कहूं, भगवत बाबू, कुछ समझ नहीं पा रहा। शहर-भर में खबर है कि श्यामू बेटे ने आखिर शादी कर ही ली है और आप अनजान दिखा रहे हैं अपने को?... भई, वैसे तो किसी के घरेलू मामलों में दखल देना नहीं चाहिए, लेकिन मैं इतना कहना चाहूंगा, भगवत बाबू, कि बच्चों से नाराज हो जाना बुरा नहीं, मगर छिमा बड़न को चाहिए..."

"मुझे सचमुच मालूम नहीं, पंडितजी! खैर, चलो, शादी कर ली उसने, इतनी ही संतोष की बात है। हम लोगों से कटा बैठा है, इसलिए खबर नहीं की होगी।"—अभी भगवत बाबू के चेहरे पर सिर्फ हल्की-सी खिन्नता और कौतूहल तथा अवसाद की छाया-भर थी।

शारदा पंडित ने उनके कंधे पर हाथ रख दिया—"खैर, वह सिद्धान्तवादी लड़का है और उसने अपने असूलों के हिसाब से ही क्रांतिकारी कदम उठाया है। रामगढ़ी की सरस्वती भगतन का पाणिग्रहण किया हैं श्यामू बेटे ने। आज समाज में ऐसे ही क्रान्तिकारी विचारों के नवयुवकों की जरूरत है।..."

अपनी बात खत्म करके, शारदा पंडित ने एक नजर भगवत बाबू के राख हो आए चेहरे को देखा और यह कहते आगे निकल गए कि 'राय साहब वगैरा को आए काफी देर हो चुकी क्या?'

कॉमन हाल के बीचोबीच बड़ा कालीन बिछा था और उसी पर बैठका लगा था। मुख्य लोग मसनदों की टेक लिए पसरे पड़े थे। शारदा पंडित के पहुंचते ही बातचीत में व्यतिक्रम उत्पन्न हुआ और थोड़ी-सी औपचारिक वार्ता के बाद ही कुंवर साहब के चेयरमैन-पद के लिए खड़े होने के मुद्दे पर बातें होने लगीं।

राय साहब ने चुरुट मुंहमें लिये-लिये ही कहा—"कुंवर साहब

का चुनाव तो निर्विवाद होना चाहिए। राजा साहब कालागढ़ की देश तथा समाज की सेवाओं से कौन अनजान है। ब्रिटिश साम्राज्यवाद के खिलाफ सत्याग्रह की लड़ाई में इस परिवार का जो योगदान रहा है—मुझे याद आ रहा है वह दिन, जब कलक्टरी के अहाते में रामजे-कमिश्नर के खिलाफ धरना देने स्व० राजा साहब चंद्रिकेश बहादुरसिंहजी एक ही चटाई पर हम लोगों के साथ-साथ बैठे थे। हीरे-मोतियों से जड़ी राजसी शेरवानी पहनने वाली शख्सियत चार आने गज की खादी का मामूली कुरता-पाजामा पहने गांधी के मामूली सिपाही की हैसियत से हम जनता के मामूली नुमाइंदों के बीच बैठी थी। वो दिन अब सचमुच सपने हो गए। आपको तो इस अविस्मरणीय घटना की स्मृति जरूर होगी, शारदा जी?"

"अरे, राय साहब, ये भी कोई भूलने की चीज है। वह वक्त ही और था। हमें याद आता है, एक वाकया। तराई में सत्याग्रही टोलियों को फैलाना था। बयालीस का 'मूवमेंट" नजदीक आ रहा था। पैसा हम लोगों के पास था नहीं। हम पार्वती बहनजी के साथ कालागढ़ पहुंचे, तो राजा साहब जीप पर मुख्य द्वार के बाहर ही मिल गये। हाथियों पर गुमाश्ता लोग तैयार बैठे हैं। सबके कधों पर बन्दूकें और कारतूस-बुलेटों की पेटियां टगी हैं। खुद राजा साहब, हटिंग सूट, पहने, ब्रिटिश-मेक राइफल लिए शिकार पर जाने की मुहिम में!—मगर, साहब, क्या बात है। सारा ताम-झाम संन्यासियों की तरह त्याग दिया और एक किट भरकर विक्टोरिया छाप चांदी के कलदारों के साथ जीप हम लोगों को सौंप दीं—"अब हिन्दुस्तान के आजाद होने पर ही शिकार खेला जाएगा!' क्या शख्सियत थी!"

"आजादी के पहले एक बात है, साहब! हम लोग गुलाम जरूर थे, मगर तब लोगों के पास एक 'करेक्टर' हुआ करता था। कैसे गुल्ली डन्डा खेलने की सी मौज में लोग फांसी के फन्दे पर झूल गए, ये हम लोगों की प्रांखों के सामने की वारदातें हैं, मगर लगता है, पुराण हो गई सारी चीजें!—आज कुरबानी के नाम पर कोई आदमी अपने नाखून कटवाने को तैयार नहीं, तब लोग सरफरोशी की तमन्ना लिए फिरते थे।' अब तक चुप बैठे भू० पू० प्रजा समाजवादी, मौजूदा कांग्रेसी एम० एल०

ए० भैयाजी ने अफसोस जाहिर किया, तो शारदा पंडित थोड़ा सीधे बैठ गए—"बात ये है, भइयाजी, आजादी के आने के साथ-साथ एक बुराई इस मुल्क में आ गई। त्याग और तपस्या का कठिन और लम्बा मार्ग अपनाकर, अपने लिए समाज में जगह बनाने के असूलों पर चलने वाले लोगों की जगह नई 'जेनरेशन कुछ ऐसे लोगों की आ गई, जो 'शार्टकट', हुड़दंग और 'ब्लैकमेलिंग' का रास्ता अख्तियार करके समाज में आतंक पैदा करना चाहती है। तब पत्रकारिता एक 'मिशन' हुआ करती थी, अब 'ब्लैकमेलिंग' हो गई है। गुण्डागर्दी हो गई है। अब लोग मुंह-मांगा विज्ञापन चन्दा न देने पर 'करेक्टर एसा इनिंग' की धमकियां देने लगे हैं। एक क्रान्तीकारी पत्रकार ये यहां बैठे दामूजी जैसे समाजसेवी और राय साहब-जैसी राजनैतिक हस्ती की इज्जत-हतकी कर गया।—एक बलियाटिक आवारा और है, जो सारे शहर में आतंक मचाए है और शरीफ घरों की बहू— बेटियों का सड़क पर चलना मुश्किल हो गया है। कालेज जाने वाले लड़के-लड़कियों के लिए यह शहर सिनेमा-स्टुडियो बन गया हैं। गंदी फिल्में वैसे ही बच्चों के दिमाग खराब कर रही हैं, ऊपर से शहर में ही जब हीरो पैदा हो गए हैं—बड़े शर्म की बात है, साहब, खुद हम लोगों के लिए शर्म की बात है!—और इसीलिए मैं चाहता हूं कि कुंवर साहब जैसा राजसी वृत्ति का आदमी चेयरमैन के पद पर आसीन हो। इसमें कुंवर साहब की नहीं; इस जिले की, चेयरमैन पद की गरिमा है।"

"आप राजशेखर की तरफ इशारा कर रहे होंगे?'—कुंवर अहिपालसिंह का स्वर नितांत सामान्य था—"श्याम लालजी को तो मैंने बुलाया था, मगर आए नहीं।"

"ये तो, कुंवर साहब, आपकी शालीनता है, जो चमरई करने वालों को भी इज्जत बख्श देते हैं।—मगर कामरेड वहां भगतन के साथ रास रचाएगे या इस रूखी-सूखी विचार-मंडली में उपस्थित रहेंगे?"

थोड़ी देर हंसी-व्यंग्य के ठहाकों के बीच कामरेड सूरज के द्वारा सरस्वती भगतन को अपने घर में रोक लेने की चर्चा चलती रही और उसके बाद फिर मीना–प्रोफेसर तिवारी वाला सिलसिला चल पड़ा। इसी बीच ह्विस्की भी 'सर्व' हो गई। व्यवस्था देखने की औपचारिकता

में भगवत बाबू कमरे में आए जरूर, मगर कमरे में बैठे लोगों से नजर नहीं मिलाई।

भोजन के निमित्त कहने को गीता पाल हाल में शाई, तब बह गहरे हरे रंग की खूबसूरत और कीमती बनारसी साड़ी पहने थी और गाढ़ सफेद रंग की पूरी बांहों वाला ब्लाउज! हल्का, गहरे बैजनी रंग का कश्मीरी शाल। गीता पाल की इस उपस्थिति से जैसे वातावरण एकाएक परिवर्तित हो उठा हो। हाल के बीचोबीच टंगे फानूस की ऐतिहासिक किस्म की लगती रोशनी में वह सचमुच अत्यंत रूपवती प्रतीत हो रही थी और देखने वालों के चेहरे जैसे हवा में टंग गए हों। शारदा पंडित ने राय साहब को धीमे से कुहनी से ठेला। गीता पाल का शाल और साड़ी की ढकन से मुक्त बायां उरोज सफेद ब्लाउज में अपेक्षाकृत ज्यादा उभरा दिख रहा था।

"राजनीति हो चुकी हो, तो भोजन भी ग्रहण कर लें आप लोग?"—कहते हुए, वह अत्यंत शालीन ढंग से मुस्कराई, तो उसका विगत होने की शुरुआत पर पहुंचता तारुण्य जैसे एकाग्र हो गया।

शारदा पंडित, भइयाजी, और राय साहब—जैसे बुजुर्गों के ह्विस्की के सुरूर से तमतमाए चेहरों पर की त्वचा छिपकलियों की खाल की तरह गुलाबी दिखने लगी थी।

गीता पाल के डाइनिंग हाल की तरफ मुड़ते ही, वे सब लोग भी अपने को समेटते चले गए।

दस

हो सकता है, दरवाजे पर दस्तक कुछ देर से हो रही हो। बादलों का गरजना तो सब कहीं शोर करता ही है, मगर शायद, खासतौर से पहाड़ों पर, जहां ये दैत्याकार गुरिल्लों की तरह। छत पर कूदते-फांदते-से महसूस होते हैं।

श्रीमती मैठाणी फादर परांजपे के घर जाने की बात कहकर गई हैं, तो इस बात को ज्यादा-से-ज्यादा घंटा-भर बीता होगा और दोनों जिस तरह की बातों में होने के लिए अच्छा-खासा अंतराल देकर आपस में मिलते हैं—इस बात की कतई गुंजाइश नहीं कि वो लौट भी आईं

होगीं। और बड़ी बात तो ये कि श्रीमती मैठाणी के हाथों की दस्तक उसके लिए पालतू जानवर की तरह पहचान लेने की चीज हो गई है। और देखा जाए, तो इस वक्त, जबकि इस बन्द कमरे में मौसम अपनी भाषा में जाने क्या-क्या कह रहा है, उसके सोचने की सारी टेक सिर्फ इसी बात पर है कि आखिर कब तक। दोपहर के भोजन के बाद के एकांत में कम्बल ओढ़े पड़े रहना और वो भी ऐसे मौसम में, जबकि सहसूस होता है कि ओढ़े हए कम्बल के चारों कोनों को कोई पत्थरों से दाब गया है। जबकि चाहने पर भी बिस्तर छोड़ने में त्वरा बरती नहीं जा पाती है।

वह धीरे-धीरे उठा और कमरे में भरे नीम-अंधेरे को पार करता, दरवाजे तक पहुंचा।

वह गीता पाल थी।

वह, शायद, अब तक बाहर बरामदे में निकल आया। होता, मगर गीता पाल को देखते ही उसकी दोनों हथेलियां खुले दरवाजों पर किसी वनपाखी के फैले पंजों की सी शक्ल में होकर रह गईं।

वह वहां पहुंची थी, तो सन्नाटा था, जो बादलों-भरे मौसम के कारण निरन्तर सघन होता अनुभव होता था। इतवार जरूर है, मगर अभी इतना वक्त नहीं हुआ था कि वह सोचती—वो दोनों ही नींद में होंगे। बिस्तर पर पड़े होना अलग बात है। वह श्रीमती उपाध्याय के यहां होती लौट रही थी और ओकवुड काटेज रास्ते में पड़ता है। यानी उधर जाती सड़क पर से सिर्फ सौ-डेढ़ सौ कदम इस ओर चले आना होता है।

अन्तिम रूप से वह तब भी तय नहीं कर पाई थी कि आखिर श्रीमती मैठाणी से वार्तालाप हो पाने की गुंजाइश बनेगी कैसे। उस औरत से अपने आपको छिपाना कतई सम्भव नहीं। कुल मिलाकर अपने यों पहुंच जाने के औचित्य में सिर्फ इतना ही तो गढ़ा जा सकता है कि श्रीमती उपाध्याय के यहां से लौट रही थी सोचा, जरा—' लेकिन यही वाक्य कहते-कहते तो चेहरा खुद-ब-खुद चोरों का सा हो चुका होगा और बहुत सम्भव है कि वह शातिर बुढ़िया सीधे-सीधे कह दे कि—

'माफ करना, गीता, मुझे नहीं लगता कि तुम सिर्फ मुझसे मिलने यहां तक चली आई हो।'

इसी 'सिर्फ' के पार वह मायावी हकीकत है जो धीमे-धीमे मन-मस्तिष्क, बल्कि साफ-साफ कहना चाहिए कि जिस्म पर भी हावी होती चली गई है। सोचना जिस्म पर हावी हो चुका हो, तभी तो वह अपनी जमीन पर न रहकर, दूसरी दिशाओं में अग्रसर होता है।

हां, गीता पाल को लगा है कि वह अग्रसर हुई है। लगातार-लगातार के द्वन्द्वों के बाद वह यहां तक पहुंची है कि सीधे-सीधे राजशेखर से बात कर सकने की हविस में होना एक तरफ हटा देने की चीज रह नहीं गया।

कुछ देर वह बरामदे में चुपचाप खड़ी रहीं थी। खुद अपने निकट वह इस बात को कैसे छिपाए कि उसने अनुमान लगाने की कोशिश की थी कि राजशेखर का कमरा कौन-सा होगा। और इस वाक्य की रचना कर ली थी कि—'माफ कीजिएगा, मैं समझी कि, यह श्रीमती मैठाणी का कमरा होगा।'

और क्या यह भी सम्भव हो सकता है कि उसकी ओर से उत्तर आए कि 'जी नहीं, इस वक्त मम्मी घर पर नहीं हैं।'

"माफ कीजिएगा, मैं समझी, यह मिसेज मैठाणी का कमरा..."

"जी नहीं!"

वह खुद नहीं समझ पाया कि जवाब उसने मुंह खोलकर दिया है या सिर्फ तनाव-भरी आंखों को ज्यों-का-त्यों स्थिर रखकर।

गीता पाल, इस वक्त, सलेटी रंग की साड़ी पहने थी और सफेद ब्लाउज। ऊपर से उसने काले रंग का कढ़ा हुआ शाल ओढ़ रखा था, जिससे उसके स्त्री होने को किंचित् और भव्य कर दिया था।

वह उसी तरह दरवाजे के खुले पल्लों में टिका खड़ा था और वह समझ नहीं पाई कि उसके 'जी नहीं' का मतलब इस कमरे में श्रीमती मैठाणी के न होने से है या कि श्रीमती मैठाणी के घर में ही न होने से।

"मैं जरा श्रीमती उपाध्याय के यहां तक गई थी। लौटते में..." वह अभी अपने बोलने को शक्ति-भर स्निग्ध, कोमल—बल्कि कहना चाहिए कि स्त्रीत्व-भरा भी—बनाने को कोशिश में ही थी कि राजशेखर ने इस आमने-सामने होने की स्थिति को खत्म कर लेने की सी मुद्रा में बात को काट दिया—"इस वक्त मम्मी घर पर नहीं हैं।"

ऐसा नहीं कि यह रूखापन अप्रत्याशित था, मगर इसके बावजूद वह इसे एकाएक वहन नहीं कर पाई और 'अच्छा, नमस्कार, मैं चलती हूं, वो आएं, तो बता दीजिएगा, मैं आई थी। कहते हुए, पीछे हट आने के अलावा उससे और कुछ बना ही नहीं। इस बात को उसने पूरी तौर पर तब महसूस किया, जब पाया कि फाटक खोलने के लिए हाथ आगे बढ़ा चुकी है।

उसके भीतर अंधड़ की तरह यह बात उठी कि इतने दिनों से वह जिस वक्त को—या कहिए कि संयोग को—तलाश रही थी कि कहीं संपूर्ण एकांत के बीच उससे वातलिप हो सके—वह ठीक सामने था और अब भी पीठ-पीछे, सिर्फ चन्द कदमों के फासले पर है।...लेकिन फाटक खोलकर, बाहर पहुंच जाते ही जाने कितनी दूर हो जाएगा!

एकाएक उसने तय किया कि नहीं, यह अंतर्बाधा तो सदैव इसी तरह लगाम बनी रहेगी। बहुत सम्भव है, उसकी ओर से सिर्फ दो-टूक बेरुखी ही मिले, मगर एक न एक बार उसे अपने "भीतर की जकड़न से निबटना है और यह सब बिना जोखिम उठाए हो जाएगा, इस गलतफहमी में रहना ठीक नहीं।

वह अपने भीतर की अस्त-व्यस्तता से विमोहित-सी पीछे मुड़ी। देखा, वह ज्यों-का-त्यों था।

गीता पाल ने अब साफ-साफ महसूस किया, औपचारिकता बरतना अपने और उसके बीच दीवार चिनना होगा। वह सधे कदमों से आगे आई और अपने स्त्रीत्व की दीप्ति का आत्मीय किस्म की स्मिति में रूपांतरण करती-सी बोल उठी—"क्या मैं कुछ देर यहीं कहीं बैठकर इंतजार कर सकती हूं?

उसने कोई जवाब नहीं दिया, मगर उसका भित्ति बने रहना विघटित हुआ। वह धीमे से पीछे मुड़ा।

कुर्सी हाथ में लिए बाहर निकला, तो 'धन्यवाद' कहती वह आगे बढ़ी और उसके हाथों से लेने लगी, तो वह बोला—रुकिए, आपको कष्ट करने की जरूरत नहीं।"

कुर्सी के लिए झुकते में उसका शाल उतरकर, कुर्सी पर बिल्ली की तरह कूद गया था। वह मय शाल के कुर्सी को अच्छी-खासी दूरी तक उठा ले गया। बरामदे के फाटक की तरफ अपेक्षाकृत करीब पड़ने वाले कोने में कुर्सी को रखकर, वह पीछे मुड़ा और सीधे अपने कमरे की ओर बढ़ चला।

"अकेले एक कोने में बैठी तो मैं बोर हो जाऊंगी। मैं क्या...अगर आप किसी तरह की असुविधा न महसूस करें...!

"मैं महसूस करूंगा। मुझे क्षमा करें।" कहते, वह कमरे के और निकट पहुंचने को हुआ, तो सही, मगर जाने क्यों थम गया। अब पहली बार वह उसे किंचित् परिवर्तित आंखों से देख रहा था।

गीतापाल की आंखों में हलकी-सी चमक आई। एकाएक ही उसे इलहाम-सा हुआ कि उसके पास एक अतीत है। पुरुष के साक्षात्कार में होने का उसके लिए यह कोई आकस्मिक क्षण नहीं है। घृणा और प्रेम, स्नेह और क्रुद्धता, प्रमोद और खिन्नता, विरक्ति और वासना—सब में उसने देखा हुआ है।

उसने कुछ नहीं किया। सिर्फ अपनी आंखों को अतीतमय कर लिया।

उम्र कितनी होगी इसकी—तीस-इक्तीस? और इतना वजनदार तो गीता पाल के स्त्रीत्व को कम-से-कम होना ही चाहिए। इसको जितना अरसा प्रेम में हुए बीता होगा, उतना वह वंचना में व्यतीत कर चुकी होगी।

श्रीमती मैठाणी कैसी औरत हैं? अपनी वंचनाओं को व्य-. तीत कर चुकने की कैसी विपुल कोशिकाएं हैं उनकी आंखों में? उनके निकट यह अपने पुरुष होने की नियति से ग्रस्त व्यक्तिः कैसे, यानी कैसा रहता होगा?

"आप क्या मुझसे नाराज हैं?"

"आप से...मुझे किसी से भी नाराज होने का क्या हक है? वजह भी नहीं। अलबत्ता मुझसे नाराज होने का हक सबको है।..."

"आप खुद ही ऐसा क्यों तय किए बैठ हैं?"

"देखिए, जिस, शालीनता से आप पेश आई हैं, मैं इसकी कद्र करता हूं, मगर यह हम दोनों के, खास तौर से आपके हक में ज्यादा अच्छा होगा कि हमसे ज्यादा बातचीत न हो।"

वह अब इस वक्त बरामदे के बीचोबीच ठीक वैसे ही खड़ा था। संगमरमर हुआ पड़ा-सा। चेहरे पर वन्य-पशुओं की सी सावधानता। होंठों में यत्नसाध्य स्तब्धता।

"मैं सोचती थी, आई हूं तो एकाध घंटा इंतजार कर ही लूं।"

"आपके पर्स में ऊन और सलाइयां जरूर होंगी। औरतों के पास वक्त-कटी के लिए ऊन-सलाई का होना पर्याप्त समझा जाता है।"

"आप तो औरतों' ऐसे कहते हैं, जैसे दुश्मनों का नाम ले रहे हों?" कहती, वह कुर्सी पर से उठ खड़ी हुई। बोली—"आप भी कुर्सी लेकर यहां बैठ जाएं ना? मैं बैठी रहूं और आप खड़े रहें..."

"इस शहर में मेरा इतना खयाल रखने वाली सिर्फ एक है—मम्मी!"

"आपने खयाल रखने वाली 'औरत' नहीं कहा?" कहते हुए वह इस बार अपेक्षाकृत प्रगाढ़ता में मुस्कराई और 'ठहरिए, मैं आपके लिए कुर्सी लेती आती हूं।' कहती, तेज कदमों से कमरे की ओर बढ़ी और जब तक में वह कुछ तय करता, गीता पाल मोढ़ा हाथों में लिए कमरे से बाहर आ चुकी थी।

उसे कुछ भी कहने का अवसर न देकर, वह मोढ़े पर बैठ गई और बैठे-ही-बैठे कुर्सी पर से अपना शाल हटाती बोली, "बैठिए ना..."

सफेद रूबिया की पूरी बांहों वाले ब्लाउज में, इस लगभग सर्दी के मौसम में वह सचमुच बहुत सुन्दर लग रही थी। उसके सम्पूर्ण चेहरे पर स्निग्धता थी और उसे झील किए दे रही थी, जैसे सामने वाले को प्रतिबिम्बित होने के लिए पुकार रही हो।

वह अभी भी अपने पूर्वग्रह में ही था, मगर कहीं भीतर ही भीतर पंगु पड़ता-सा।

"बैठिए ना।"

उसने अपने पांवों को थोड़ा-सा पीछे समेट लिया, जैसे वे ही उसके

मार्ग का बाधा बने हों। साड़ी के किनारे थोड़ा ऊपर उठ जाने पर, उसके पांवों के रंगीन नाखून जैसे एकाएक उजागर हुए। एकाएक यों देखने पर, सचमुच, प्राकृतिक रूप से रगमय लगते हैं। पांवों पर की त्वचा का रंग भी ऐसा है कि ऐसा होना असम्भव भले लगे, अस्वाभाविक नहीं कहा जा सकता है।

"मेरे साथ बैठना अपके हक में..."

"उसकी चिंता सिर्फ आप ही क्यों करें? मैं कोई नादान लड़की नहीं, सयानी औरत हूं और वो भी टीचर!" कहते हुए, उसने अपने मुस्कराने को थोड़ा और अधिक विस्तार दे दिया! वह साफ-साफ देख रही थी कि वह अभी भी ज्यों-का-त्यों खड़ा है और आखेट की आशंका में चौकन्ने किसी जंगली पशु की सी सावधानता और अस्वस्ति अभी भी उसकी आंखों में मौजूद है।

एकाएक ही उसके चेहरे पर का भाव कुछ बदला और बोला, "तब आप कुर्सी पर बैठे—मोढ़े पर मैं बैठूंगा। इसपर आप असुविधा अनुभव करेंगी।"

उसने विलम्ब नहीं किया। 'धन्यवाद' कहती उठी और कुर्सी पर बैठ गई।

"आपका नाम पूछ सकता हूं?"

"जी, मुझे गीता पाल कहते हैं..."

"कहते हैं, या भाप हैं?'—उसका विनोद भाव से मुस्क— राना गीता पाल के भीतर तक उतर गया।

"चलिए आप में कुछ धूप निकली तो। अभी तक तो अप किसी शरारती लड़की को डराने के से सख्त 'मूड' में थे?... मुझे महसूस हो रहा है कि प्रापके साथ झूठ बरतना ठीक नहीं। जानकर आपकी निगाहों में मेरी तस्वीर क्या बनेगी, आपका मेरे प्रति क्या रुख बनेगा—मैं कुछ नहीं कह सकती और शायद इसकी फिक्र भी मुझे करनी नहीं चाहिए, क्योंकि आपकी बेरुस्ती या नाराजगी मुझे सिर्फ वहां वापस पहुंचा देगी, जहां से आगे बढ़ने की हिमाकत मैंने की है।"

आप तो वहुत सटीक जबान बोल रही हैं। तार्किकों की तरह।

अपनी कालेज लाइफ में आप जरूर 'डिबेटर' रही होंगी।"

"जी हां, रही हूं।...मगर यहां मैं आपके साथ 'डिबेट' करने नहीं आई हूं—कहूं कि 'डायलाग करने आई हूं।...और अब यह भी कह लूं कि मैं जब यहां को चली थी, तो यह मानकर कि काश, आप एकांत में मिल जाएं..."

"अपने जैसे असामाजिक प्राणी पर आपकी अनुकम्पा की वजह समझ पाना, मेरे लिए मुश्किल होगा।"

"कभी-कभी, क्या आप ऐसा अनुभव नहीं करते, चीजों का आसान हो जाना नहीं, मुश्किल पड़ जाना ज्यादा महत्वपूर्ण हो जाता है? खैर, अपने तर्क में सिर्फ इतना कह सकती हूं कि मैं चाहती थी कि आपके सामने पड़ूं। बहुत-से लोग अपने जीवन के वीराने से ऊबे पड़े होते हैं और अपने बीते हुए में वापसी चिड़ियों की तरह इंतजार कर रहे होते हैं। पहले मैं भी समझती थी—सिर्फ कौतूहल है, मगर सिर्फ इतनी-सी बात न रही होगी।" उसका हंसी और संजीदगी में साथ-साथ होना विलक्षण लग रहा था। वह धीरे-धीरे झील में उड़ता पक्षी-दल होने लगी थी, जैसे वह ढेर सारी औरतें हो।

"मैं जब आप लोगों के आमने-सामने पड़ा हूं, सिर्फ मजाक का मुद्दा बनकर ही रह गया हूं, और यह बात मुझे तकलीफदेह लगी है। पिछले रविवार आप लोग यहां मम्मी के पास प्राई थीं..."

"शेखर, मैं आज अकेली आई हूं—'कई लोग' होकर नहीं। ...और मैं आपको बरसों पहले भी जानती रही हूं, जब आप पढ़ते होते थे और मीना आपके साथ अपने औरत होने का साक्षात्कार कर रही होती थी। आप उम्र में मुझसे एकाध साल छोटे ही होंगे—आपकी कितनी होगी? मेरा यह इक्तीसवां है।"

"लेकिन आपके-मेरे बीच, गीताजी, वैसा कोई संदर्भ नहीं कि आपको औरत होने के नाते उम्र छिपा लेने की जरूरत महसूस हो—या कि मुझे यह कि अपने गलत बताई होगी। मैं उस तरह की मनःस्थितियों में नहीं हूं—और शायद हक में भी नहीं—कि मेरा यह कहना शोभनीय लग सके कि आप अच्छी-खासी सुन्दर महिला हैं। सिर्फ खूबसूरत ही नहीं बल्कि खुद्दार और अनुभवी शौरत। जिस तरह के लोकापवादों में मैं इन

दिनों हूं और कबूल करता हूं कि विभ्रांत किस्म की चित्तवृत्तियों में भी—मम्मी के बाद सिर्फ आप ही वो औरत हैं, जो मुझे अपने साथ इस तरह की बातचीत में कर पाई है। और शायद मुझे सिर्फ इतना ही कहना चाहिए कि यह आपका अनुग्रह है। मुझपर, हालांकि रेत में डाला गया पानी...”

“अनुग्रह?' उसने सिर्फ अपनी भृकुटि को प्रश्नवाचक कर लिया और इस इतमीनान में हो गई कि सामने बैठा व्यक्ति उसके एक अनुभवी औरत होने की प्रतीति में सचमुच हो चुका है।

“हां, जब हर आंख मुझे एक असामाजिक तत्व, एक अजूबा आदमी—यहां तक कि खूनी की शक्ल में देख रही हो—आदमी तो आदमी, वह पेड़ तक मुझे अनुग्रही लगता है, जो मुझे अपनी छाया में बैठने दे।”

उसके चेहरे पर विषाद-भरी हंसी का फैलना गीता पाल को सचमुच मोहक लगा।

अब तक के वक्त में पहली बार उसने ओकवुड काटेज के बाहर की प्रकृति की ओर देखा तो लगा कि अपने-आपको भी ज्यादा विस्तार में अनुभव कर पा रही है। उसने पाया, अब वह स्वयं प्रकृति है। शेखर के पास से वह वापस हुई तब तक में समय बहुत बीत चुका था।

गीता पाल की वापसी के बाद का वक्त बिताना मुश्किल पड़ने लगा, तो वह कमरे में चला गया और सोने की कोशिश करने लगा। उसके मन में आया कि श्रीमती मैठाणी लौट आएं, तो वह कामरेड सूरज की तरफ चल पड़े।

कमरे की छत की तरफ झांकते उसे फिर यही लगा कि वह बीते दिनों की स्मृतियों में होता चला जा रहा है।

उसे लगा कि सामान्य मन:स्थिति में होते ही वह नशा उतरने के बाद की सी अवसन्नता और रिक्ति महसूस करने लगता है। मीना के प्रेम में होने और फिर उससे शादी करने की व्याकुलता में उसकी मिलिट्री छोड़ देने की शर्त को अपने लिए एक लक्ष्य बना लेने और उस हद तक जाकर पागलपन का नाटक करने की यादों का एक सिलसिला है, जिसका वह समझता था डाक्टर मुखर्जी के इस कथन

के साथ अन्त हो चुका कि—'वैल मैन, हम जानता है, तुम नौटंकी करता है, मगर शायद, खुद तुमको पता नहीं—अपनी इस नौटंकी में तुम सचमुच पागल होने के नजदीक जा पहुंचा और इसी वास्ते हम झूठ लिखकर, तुम्हारे वास्ते 'रिलीज' की सिफारिश करता है।'...मगर वह सिलसिला एक अनन्त धारा बन गया है।

और आज का यह गीता पाल का भीतर के सरोवर में जलपरी का-सा उतरना? गीता पाल के जा चुकने पर उसके साथ का वार्तालाप और समय कैसा सम्पूर्ण अस्तित्व में अनुभव होता जा रहा है?

ग्यारह

राय साहब की कोठी से थोड़ा पहले भैसों के रास्ते में आ खड़ी होने के कारण रिक्शे वाले को थोड़ा रुक जाना पड़ा।

शारदा पंडित हाथ में थमी छड़ी से ठीक सामने खड़ी हो गई भैस की पीठ पर प्रहार करने वाले ही थे कि ध्यानी पनवाडी की आवाज ने उनके हाथ को हवा में ही टांग दिया।

"पांवलागी पंडितजी! सरकार, इतनी मोटी घास कहां खाती है भैसे? आपसे मैं कहता रहता था, हजूर, कि कुछ इस गरीब पर भी दया करें। अब अपनी आंखों से देख लीजिए इन भैसों की हालत। खेती-बाड़ी यहां अपनी बेंगन-भिण्डी बोने भर को नहीं। घास मोल की बयालिस रुपये कुंटल में दुर्लभ हो गई। दूध की शुद्धता नापने वाले इंस्पेक्टर लकड़बग्घे की जैसी छलांग मारते हैं, दूध की बाल्टियां ले जाने मेरे बेटे या घर-वाली पर! और भैसों की हालत ये है कि शुद्ध दूध की भली चलाई, सरकार, घास-दाने के बिना शुद्ध गूतना बन्द होने की नौबत आ गई है।...मालिक, ये देखिए,"—कहते हुए, ध्यानी ठाकुर ने भेंस के एक थन को अंगुलियों से चिमटी की तरह पकड़कर, 'थन खाल से लग गए हैं, सरकार!' कहा, तो दूध की धार रिक्शे वाले के कपड़ों पर जा गिरी।

"भाबर-तराई में कहीं दस-पांच बीघे जमीन भी मिल जाती, तो गरीब के बच्चों का जीना हो जाता। कहीं बिपिन बाबू के इर्द-गिर्द की झाड़ा फिरने भर को भी जमीन मिल जाती—वहां चरी बो देते। दाने-भूसे

का अकाल न रहता। पहाड़ की खेती बकरी की लेंडी, देश की खेती हाथी का हगना!...और मोहनिया की महतारी को परसूत की बीमारी अलग से है। इस हिमानी शहर की ठंड से मरने से बच जाती, चार महीने सर्दियों में तराई के घाम ताप लेती—आपके कुंवरों को दुआ देती गरीब ठकुरानी, सरकार! क्या करें, कलयुग का प्रभाव है। ब्राह्मण देवता के आगे ठाकुर हाथ फैलाए खड़े रहने लगे हैं। लाज रख लेंगे।"

अपनी बात पूरी करते ध्यानी ने भैंस का गला खुजलाना छोड़ कर, दोनों हाथ जोड़ दिए और अच्छा, महाराज, पांव-लागी!' कहते हुए, रिक्शे पर रखे उनके पांवों के काफी नजदीक तक अपने जुड़े हाथों को किया और 'चल गौरी, चल भागी!' कहते, भैंसों को एक किनारे बढ़ा लिया।

राय साहब अपनी बैठक में नहीं थे। नौकर ने देखा, तो प्रणाम किया और 'साहब अभी 'बेडरूम में ही हैं', कहता—अन्दर चला गया।

शारदा पंडित को उन्होंने अपने सोने के कमरे में ही बुला लिया। रात, शायद, ज्यादा पी गए थे—आंखों के नीचे के गढ़े इस वक्त ज्यादा स्याह और गहरे प्रतीत हो रहे थे।

शारदा पंडित ने बातचीत की शुरुआत ही यों की कि 'रायसाहब' जूते में कील निकल आई हो, तो घर से बाहर कदम रखने से पहले ही उसे ठोंककर, अपनी जगह कर देना चाहिए हरामी तो ध्यानी पनवाड़ी भी है। खैर, कुछ जातीय 'जेलसी भी होती है। आप दोनों आपस में दूर के बिरादर लगते हैं, शायद? अब ध्यानी ठाकुर को ये लगता होगा कि कहां वह दिन-भर 'कमोड' में जैसा बैठा रहता है, और हर पान खाने वाले को जैहिंद प्रणाम' से बांधने की जरूरत महसूस करत है, ताकि मिसा पनवाड़ी के यहां ही सारी ग्राहकी न जा पड़े—और कहां आप! अपने तप, संघर्ष और कानूनी दिमाग के चलते आपने अपने को कहां स्थापित कर लिया! उस जमाने में रायसाहबी और अब नगरपालिका की चेयरमैनी तो आपकी शख्सियत के आगे पांवों के पास पड़ी प्लास्टिक की चप्पले मालूम पड़ती हैं।"

"खसियों में तो एक-दूसरे को खाता-पीता देखने की वृत्ति ही नहीं है, पंडितजी!" कहते हुए, रायसाहब थोड़ा और ऊंचे होकर, दीवार के साथ तकिया लगाए बैठ गए—"अरे, भई रामप्रसाद! पंडितजी के लिए चाय-नाश्ता लाप्रो।...मगर, पंडिलजी, ध्यानी एनवाडी तो सड़क पर का कंकर है उसपर घन चलाने की क्या जरूरत है? जरा-सा डामर डालते ही बैठ जाएगा?"

उसकी बात मैं भी नहीं कर रहा, रायसाहब! उसके साथ तो बलि के बकरे के मुंह में हरी घास कर देने से काम चल जाता है। वक्त पर वह काम भी आता है। मैंने एक दिन इसको यों ही उचका दिया कि श्यामू कामरेड सरदार की दुकान में लोगों को बता रहा था कि बाबा तुलसीदास ने अपने मानस में ध्यानी पनवाडी के बारे में भी बहुत कुछ लिखा है।'...मुंह बाये पूछने लगा कि क्या लिखा है कह रहा था लालपोकिया बन्दर?' तो मैंने खेदजनक तरीके से कह दिया कि जिन चौपाइयों का वह सस्वर पाठ कर रहा था, लोगों में—मैं खुद तुमको एकांत में पढ़ने की सलाह देते हुए भी दुख ही अनुभव करूंगा, बहुत जोर देने लगा, तो मैंने कहा कि शुरुआत, सुना है, उसने इस चौपाई से की थीं—'बंदौ खल जस शेष सरोषा। सहस बदन बरनै परदोषा।' रामायण पाट तो करता है, समझ गया कि खल-वंदना का प्रसंग है। तबसे वह केतु की तरह लगा है। कामरेड के बच्चे के पीछे।...अब एक दिन जो उस लोफर को लड़कों ने घर तक दौड़ा लिया, दरअसल वह 'आइडिया' भी इसी ध्यानी का दिया हुआ था। अभी भी उसमें और अमल होना बाकी है। मैं यथोचित अवसर की तलाश में हूं।"—कहते हुए शारदा पंडित ईजीचेयर पर ठीक से पसर गए—"मैं तो उस कामरेड के बच्चे की बात कर रहा था। इस तरह के खतरनाक और असामाजिक तत्वों को शहर में पनपने देना अपनी खोपडी पर कांस उगाना है!"

"क्यों, लखनऊ से क्या होना है, कुछ सुराग लगा या नहीं? इस साले डी० आई० आर० पर जब अमल नहीं होना है, तो संविधान के पोथड़े पर रखे रहने से क्या होता है? ये सुरक्षा कानून इस राष्ट्रीय

संकट की घड़ी में इन राष्ट्रद्रोही तत्वों के नहीं, तो आखिर क्या हम लोगों के खिलाफ इस्तेमाल होंगे? शास्त्री जी क्या जानते नहीं हैं कि आज जो इस मुल्क पर इतना अभूतपूर्व संकट आ गया है, यह सब कामरेड कृष्णा मेनन के विदेश मंत्री के पद पर होने की बदौलत ही आया है। ये कम्युनिल्ट लोग तो हमेशा इस मुल्क के सा दगाबाजी करते आ रहे हैं।"

"दरअसल दिक्कत ये पड गई कि सी० आई० डी० इन्क्वायरी इस ससुर की हो गई और फाइल पर इंस्पेक्टर जोशी ने शायद, यह नोट लगाकर भेज दिया कि 'कम्युनिस्ट पार्टी या एक्टीविटीज में संलग्न होने की कोई पुष्टि नहीं हो सकी है।' आज मैं भइयाजी के पास जाने वाला हूं। उनसे बातचीत करके एसेम्बली में 'क्वेश्चन' उठवाऊंगा। मैंने दो चीजें, जिन्दगी में कभी न छोडीं। एक यह जनेऊ और दूसरा, हाथ में लिया संकल्प! इस कांटे को मुझे हर कीमत पर निकाल फेंकना है। मेरा खयाल है, रायसाहब, भइयाजी और आप लोग इसे पूरी तवज्जो दे नहीं रहे हैं। उस लोफर की आंखों और चेहरे की बनावट को आप लोगों ने शायद, गौर से देखा नहीं कभी। सिर्फ उसका बल्लम की नोक की तरह चुभने वाला तेवर ही देखा है। आप जरा इस बात पर गौर कीजिए कि शहर में, इस पूरे जिले में—इस पूरे प्राविंस में है कोई माई का लाल, जो आपकी कोठी के दरवाजे पर आपको अमेरिकन एजेंट कहकर गाली दे और ठसके से चलता, अपने डेरे पर वापस पहुंच जाए? अभी उसकी जड़े ज्यादा गहरे नहीं गई हैं, मगर अब वह घर में तुलसी बो चुका है। बस, अभी और यहीं—यही वक्त है कि उसे पूरा जोर लगाकर उखाड़ फेंकना है। चाणक्य ने कांस उखाड़कर जड़ों में मठा ऐसे ही नहीं डाला था। आप तो खुद कानुनदां और विधि-विधान पारगत व्यक्ति हैं। अब मेरी आत्मा लगातार यह आवाज देने लगी है कि शारदा पंडित, कांस उग गई है! कांस उग गई है!..."आप लोग देख लीजिएगा—हो सकता है, तब तक मैं न रहूं...मगर यह लेनिन माक्र्स का झुटकेला[१] इस जिले

१. नाजायज संतति।

के त्यागी-तपस्वी गांधी-नेहरू युग की विभूतियों की कब्र खोदकर रख देगा! इसने, आप लोग देखते नहीं, कैसे अपने खुद के वंश को त्याग दिया है? ऐसे वंश-भ्रष्ट लोग जल्दी ही खुद नष्ट न हो गए, तो आगे चलकर दूसरों के लिए खतरा बन जाते हैं। नहीं तो होटल चलाने वालों के खानदान में यह समाज और देश का ठेकेदार कहां पैदा हो गया? अभी अप क्या देखते हैं। अभी तो उसकी हालत यह है कि बीडी भी पूरे बंडल की जगह, फुटकर खरीदता देखा गया है और तब वो चोट्टा हम लोगों को गांधी युग की सड़ांध कहता फिरता है।...अगर कहीं उसकी माली तन्दुरुस्ती कुछ सुधर गई, प्रेस में टाइप भर गया, ट्रेडिल मशीन लग गई और अखगार 'रेग्यूलर' निकालने की हालत में वह आ गया—ये सारे परमिट-लाइसेंस, जो हमें इतनी बड़ी लम्बी कुरबानियों के बाद अपना बुढ़ापा थोड़ा सा चैन से काट पाने की उम्मीदों में बनाए रखते हैं ये सब दुशवार हो जाएंगे। हम लोगों की वह ऐसी मूर्तियां गढ़ देगा कि राह चलते लोग रायसाहब, प्रणाम! पण्डितजी, पांवलागी कहने की जगह आपस में कानाफूसी करने लगेंगे। जनता बहुत हरामी किस्म की चीज होती है। स्वराज्य आन्दोलन से लेकर इस चाइनीज वार तक हम लोगों ने जनता की एक-एक नस देख ली है। इसे सिर्फ हंकवारा चाहिए।"

"कहीं 'प्लेन्स' की तरफ होता, तो ठिकाने लगवा दिया होता वहां के लोगों ने! एक तो यह पहाड और दूसरे हम लोग अपनी गांधीवादी विचारधाराओं के हाथों बंधे हुए। जी में तो उसी दिन आया था कि बैठक की दीवार पर से राइफल उतारूं और दाग दूं—एक मील तक मार करती है!...मगर फिर हाथ रोक लिए। बापू की तस्वीर देखते ही, पुराने युग में भटक गया। आपने कुछ और सोचा है?"

"भइयाजी वाली बात तो मैंने बताई ही आपको? देखना ये है कि अब एम० एल० ए०, एम० पी०—सब की बात गवर्नमेन्ट कैसे ठुकराती है। इसकी माली नाकेबन्दी भी करनी है। जानवर का घेरा चारों तरफ से मजबूत करना चाहिए। उसके लाल अखबार का पहले तो कम्पोज होना मुश्किल है। हो भी गया, तो इस शहर में तो कोई छापेगा नहीं, इतना इंतजाम मैंने कर लिया है। छपाई

की मशीनों वाले कुल दो ही प्रेत तो हैं यहां। बाकी ये करना है कि उसे एडवरटिजमेन्ट कहीं से न मिलने पावें। बाजार में राशन पानी उधार न मिलने पाए। लोगों के दिमाग में ये चीज गोदना बना दी जाए कि इस निहंग से दोस्ती का मतलब शहर के सारे सभ्य और बड़े लोगों की आंख में बुरा बन जाना है। इसका तो पोखर-घिराव करके निकलने को जल नहीं छोड़ना है। फौजदारी, खून-खराबे छोटे लोगों के लिए हैं। यह हम सभ्य लोगों को शोभा देने वाला काम नहीं है। मान लीजिए, लड़कों ने उसे मार-पीट भी दिया होता, तो 'स्वदेश' के ताजा 'इश्यू में शहर में इस तरह की हिसात्मक वारदातों की निदा ही तो हम करते!"

शारदा पंडित का पूरा चेहरा एक खास तरह ती दिव्यानुभूति से भर गया।

"आपके चेहरे पर ये चमक तभी आती है, पंडितजी, जब आप मंजिल के करीब पहुंचने को होते हैं!" कहते राय साहब लुगी समेटते उठ खड़े हुए—"जरा बाथरूम हो आऊं।"

शारदा पंडित ने लक्ष किया कि चलने में संतुलन नहीं है।

बाथरूम में रायसाहब इतनी देर रह गए कि तब तक में शारदा पंडित ने चाय-हलवे के नाश्ते को निबटा भी लिया।

रायसाहब के लिए नौकर नींबू की चाय ले आया था, मगर वह ठंडी पड़ चुकी, तो वापस उठा ले गया लगभग आधा घंटे बाद रायसाहब कमरे में आए, तो शारदा पंडित ने विदा ली।

बारह

कामरेड अपने कासगंज, अलीगढ़ और काशीपुर के टूर पर से लौटे, तब इतनी व्यवस्था हो गई थी कि 'चेतना' का प्रवेशांक निकाला जा सके। हरिबल्लभ ने जो टाइप लिखवा दिए थे, और दस रिम डबल डिमाई ह्वाइट प्रिटिंग कागज कामरेड बरेली से अपने साथ ट्रक पर लदवा लाए थे।

रिक्शे में सारा सामान लदवाकर जब घर की तरफ चले तो वो

सबसे पहले शेखर के सामने पड़ना चाहते थे, इसीलिए जब ध्यानी पनवाड़ी ने जयहिंद' कामरेड साहब!' की आवाज दी, तो उनको लगा, जैसे कंधे पर कौवे ने बीट दिया हो।

रिक्शावाला धीमा पड़ने लगा था कि शायद वो बतियाना चाहें ध्यानी पनवाड़ी से, मगर कामरेड ने सख्त आवाज में कहा—'तुम काहे ढीले पड़ने लगे, बसंत?" और दायां हाथ ऊपर उठाकर, सिर्फ हवा में हिला दिया।

शाम के लगभग पांच बजे शेखर पहुंचा, तब कामरेड सोये पड़े थे और हरिबल्लभ टाइप सहेजने में लगा था। शेखर ने जैहिद, पंडितजी!' कहा, तो हरिबल्लभ ने हाथ जोड़कर जहिद, शेखर साहब!' के साथ-साथ 'वर्मा साहब लौट आए हैं' कहा। उसका चेहरा उत्साह और प्रसन्नता से भरा था।

सरस्वती लपक कर 'बहुत थके उनींदे आए थे। खाते ही सो गए। जगाती हूं।' कहत भीतर वाली कोठरी की ओर लपकने को हुई थी कि शेखर ने रोक लिया।

बोला, "रहने दीजिए, भाभीजी! पहले श्राप चाय बनाइए, तब जगाइएगा—साथ-साथ पिएंगे।'

चाय का जुगाड़ करती, वह बोली—"भैयाजी अब आप भी शादी कर ही लिजिए। पहले तो मैं इनसे सिर्फ सुनती आई थी, मगर कुंवर साहब के साथ एक दिन वो आई थीं, तो मैं देखती रह गई। क्या रूप है, भैयाजी! पढ़े-लिखे की छबी ही और होती है। वो तो सचमुच राजघराने की बहू-बेटी लगी हमें।"

"अरे, राजा के साथ आई थीं तो रानी साह्बिा क्यों न लगेंगी?"

वह अभी कुछ और मजाक करना चाहता था कि 'कहो कुंवर राजशेखर, क्या हाल है?' कहते, कामरेड बाहर आते दिख गए।

'बड़ा निःस्वास लग गया, यार तुम्हारा!' कहते हुए, उन्होंने उसे बांहों में भींच लिया। इस समय कामरेड बंद गले का रेडीमेड गरम पुलोवर पहने थे और पहले से स्वस्थ दिख रहे थे।

कामरेड अपने सफर की दास्तान बता चुके तो, उसने कुछ गम्भीर

होते हुए कहा—"आपने कामरेड दद्दा, इधर, स्वदेश, का इश्यू तो देखा न होगा?"

"क्यों, क्या बात है उसमें?"

"यों तो वह एक तरह से पार्वती बहन-विशेषांक है, मगर आपके खिलाफ उसमें बहुत जहर उगला गया है। एक तो उसमें आपके खिलाफ नेशनल फण्ड वाले मसले तथा पंचमार्गी गतिविधियों को लेकर 'राइटअप' है। साथ-साथ, एसेम्बली में एम० एल० ए० भइयाजी ने इस बात के लिए स्थानीय प्रशासन की भर्त्सना की है कि वह राष्ट्रीय संकट कि इस घड़ी में राष्ट्रद्रोही तत्वों के प्रति लापरवाही ही नहीं बरत रहा, बल्कि संरक्षण दे रहा है। सिद्दीकी साहब के तबादले का आर्डर, सुना है, होने ही वाला है।"

"ये सब बुरी या तकलीफदेह बातें हो सकती हैं, शेखर!... मगर अनहोनी तो नहीं हैं, मुझे तो इस टुअर से और बल मिला है, भाई। आर्थिक जुगाड़ की बात तो छोड़ो। ये सब तो क्लासफेलो दोस्तों की बदौलत हो गया, मगर सारे खट्टे-मीठे अनुभवों के साथ,मुझे सामान्य आदमी में ये चीज़ दिखाई पड़ी कि सही ढ़ंग से सोचने वालों की कमी नहीं है। कमी है तो सिर्फ इस बात की कि गांधीजी की हत्या के साथ इस देश के सामाजिक नेतृत्व की भी हत्या हो गई। नेहरू ने विश्वनेता बनने की 'एम्बीशन' में हिन्दुस्तान में सामाजिक नेतृत्व की जड़ों में मठा डाल दिया। गांधीजी के विरासतदार के नाम पर अब एक वो धार्मिक-वैचारिक ठग विनौबा बाकी बच गया है, जो सामाजिक चेतना का सबसे बड़ा शत्रु है। इस तरह के वैचारिक धूर्त इजारेदारों से कम खतरनाक नहीं होते। ये समाज की चेतना को 'डेविएट' करते हैं। खैर, छोड़ो ये सब चर्चा फिलहाल। चाय पीते हुए हम लोग 'चेतना' के प्रवेशांक की 'डमी' तैयार कर डालें।...ये बताओ तुम क्या लिख रहे हो इस इश्यू के लिए?"

"आप उस दिन कह रहे थे कि उसकी वापसी' का कोई अंश—"

"प्यारे भाई!"—कामरेड ने फर्श की ओर देखते, काफी धीमी आवाज में कहा—मैं चाहता हूं कि चेतना' का यह प्रवेशांक इस बात का नमूना बन सके कि आज के हालात में किसी अखबार की रूप-रेखा

और भूमिका क्या होनी चाहिए। इसके प्रवेशांक में कविता या फिक्शन देने के इरादे को छोड़ना पड़ रहा है।"

न देखते भी उन्होंने महसूस किया कि उसके चेहरे पर हलका ही सही, मगर खिन्नता का भाव आया जरूर होगा, मगर यह सुनकर उन्होंने तुरन्त अपना मुंह उसकी ओर उठा लिया—"मैं 'समाज में बुद्धिजीवियों की भूमिका' को लेकर कुछ लिखूं, कामरेड दद्दा?"

"जरूर-जरूर!" उन्होंने उत्साहपूर्ण स्वर में कहा और बताने लगे कि मुखपृष्ठ से लेकर, आखिरी पेज तक में क्या-क्या और कैसे देना चाहते हैं।

अन्त में बोले—"रेग्यूलर तो इसे भी निकलना नहीं है, शेखर! इस तरह से साधन जुटाना बहुत वक्तखाऊ होता है, और 'स्कोप' भी बहुत सीमित है। कोई भी अखबार चन्द मित्रों-शुभचिंतकों की सदाशयता के भरोसे अपने को रेग्यूलर नहीं कर सकता। इसलिए मैंने तय किया है कि जो भी 'इश्यू निकले, उसमें अधिकतम जो सामग्री हम दे सकते हैं वो रहे। मैं चाहता हूं, डिमाई अपेजी साइज में कम से कम चालीस पेज का तो हो ही यह इश्यू। कवर-ब्लॉक बनवा लिया है और कुछ कालमों के लिए हेडिंग ब्लाक भी।"

काफी देर तक कामरेड बच्चों के से उत्साह से उसे ब्लाक-कागज दिखाते रहे और इस बीच यात्रा में रहते लिखी टिप्पणियां भी। आखिर हरिबल्लभ से यों कहते हुए कि 'हरि भाई कल से एक-दो को पार्ट-टाइम और भी बुला लेना। मजदूरी हाथों-हाथ दे दी जाएगी। कामरेड शेखर को साथ लिए बाजार की तरफ निकलने को हुए ही ये कि हरिबल्लभ ने बताया कि मांगी लाल के साले और बेटे से वह बात तय भी कर चुका है।

चंद दिन व्यस्तता में बीत गए।

तेरह

वह सदर अस्पताल की तरफ से होता बस-अड्डे तक पहुंचा ही था कि 'आपका ध्यान किधर है, ध्यानीजी की पान की दुकान इधर है'

साइनबोर्ड और वहां कुछ छात्र किस्म के लोगों के साथ खड़े शारदा पडित पर उसकी नजर पड़ गई। कुछ अप्रिय दिख जाने की सी अनुभूति में वह तुरत कोहली बेकरी वाली सड़क पर आगे बढ़ गया। तय किया कुछ चक्कर जरूर लगाना पड़ेगा, मगर अब झील के उस पार होकर ही कामरेड के यहां पहुचेगा। उन लोगों को वहां खड़ा देखते ही जाने एक क्षण में उसे यह क्यों लगा कि ये कुछ उसी तरह के लड़के हैं, जिन्होंने उसका रमण होस्टल के पास घेराव किया था।...मगर अभी वह कोहली बेकरी के सामने से आगे बढ़ने को ही था कि ऊपर से आती। आवाज ने उसके पांवों को थाम लिया—“शेखर बेटे!”

वह आवाज देने वाले को पहचानने के लिए अपनी स्मृति पर जोर देने लगा था कि एकाएक उसे याद आ गया-डॉक्टर दुबे का घर है!

सिर घुमाकर देखने से पहले ही उसने अनुमान लगा लिया कि भवनमोहिनी देवी होंगी।

वो ही थीं।

ऊपर वाली मजिल की खिड़की से झांक रही थीं। वह द्विविधा में ही था कि उन्होंने दुबारा पुकार लिया, राजशेखर!’

जाने कैसा सम्मोहन था उनके पुकारने में कि उसने अपनेआपको भलविद्ध होता-सा महसूस किया। मीना को लेकर व्यतीत हुआ सब-कुछ इस एक क्षण में उसकी स्मृति में इकट्ठा हो आया, मगर अपने भीतर की सारी खिन्नता के बावजूद, वह आदरपूर्वक हाथ जोड़ने और अपने-आपको भुवन मोहिनी देवी की ओर बढ़ने से रोक नहीं पाया।

काठ की सीढ़ियों पर होकर, ऊपर की मंजिल में जाते हुए, उसे अपने अतीत में उतरते जाने की सी अनुभूति हुई।

उसे अपनी ओर आता देख, वो सीढ़ियों के मुहाने तक प्रा गई थीं। अभी उसका सिर ऊपर दिखा ही होगा, कि भुवन–मोहिनी देवी ने सिर पर अपनी उंगलियां फेर दीं—“तुम्हारे तो बड़े घुंघराले बाल हैं, बेटे!”

ऊपर पहुंचने पर शेखर अपने-आपको झुककर, प्रणाम करने से रोक नहीं पाया, तो याद आया कि जिन दिनों यहां आना-जाना हुआ करता था उसका, तब वह सिर्फ हाथ जोड़कर, ‘नमस्ते, माता जी!’

कहा करता था, और आज पहली बार है। कि उन्होंने यों सिर पर हाथ फरार है।

"अच्छा किया, बेटे, जो चले आए। सड़क पर से ही 'नमस्ते माता जी!' कहकर, या सिर्फ हाथ जोड़कर चल दिए होते तुम, तो मैं उदास हो जाती। मुझे यही महसूस होता कि मेरे पुकारने में से मेरा मां होना जाता रहा। अच्छा, तुम बैठो, मैं अभी आई।"

वो भीतर वाले कमरे में चली गई। लौटी तब एक तश्तरी में सूजी का भाप उठता हलवा था और दूसरे हाथ में कांसे के गिलास में चाय।

"आजकल कोई नहीं है यहां। मीना और प्रोफेसर भी छुट्टियां लेकर, सहारनपुर चले गए हैं। ठंड अब बढ़ती जाती है। हलवा खाने को जी हुआ, तो बना लिया, मगर मन में ये आया कि अकेले-अकेले ठूंगना ही रह गया किस्मत में। जो स्वाद अपने प्रियजनों को परोसने में आता था अब वह खुद के खाने में कहीं।"

अपने चिट्ट-गोरे रंग और सम्पूर्ण रूप से सफेद हो चले बालों में वो भरपूर वात्सल्यमयी लग रही थीं।

"यों हो खिड़की तक चली आई थी कि गरम सूजी ठंडी हो ले—और तुम दिख गए।...अब मुझे लग रहा है कि ग्रोकवुड से तुम यहां मेरे हाथ का हलवा खाने की तृष्णा लेकर ही निकल गाए होगे!...कान तो अब बहरे होने को आ रहे हैं, मगर, शायद मेरी आत्मा ने तुम्हारे सड़क पर से गुजरने को सुन लिया होगा!"

"मां जी, मैं इसके सिवा क़ुछ नहीं कह सकता कि जब भी ऐसे अकल्पनीय क्षण मेरे सामने आते हैं, मैं मूढ़ हो जाता हूं। कहां मैं सोचता था, आप मुझसे कितनी नफरत करती होंगी और कहां आपका यह स्नेह। कामरेड दद्दा ठीक कहते थे, इस एक छोटे-से कार में कई-कई बड़ी औरते हैं।'

"अरे, वह पगलवा तो हमेशा का आकाशचारी है। हमेशा किताबों की ही दुनिया में रहता है। सड़क पर अकेले चलते देखा है मैंने उसे, तो लगा है, कोई औघड़ नदी पर चलने का करिश्मा दिखा रहा है। बड़ा स्वप्नजीवी है। पहले, यहां भारती भवन में विचार-गोष्ठियां होती थीं, तो

ढेर सारी बहस हुआ करती थी, इस खब्ती से। क्या हाल है आजकल उसका? उसके सुगने का क्या हाल है?"

सुगने से पहले तो वह कुछ समझा नहीं, फिर हंसते हुए बोला, "आपका इशारा सरस्वती भाभी की ओर है क्या, मांजी?"

"नहीं रे, मैं उसके क्रांतिकारी अखबार की बात कर रही थी। उसे वह सुगने की तरह ही तो पाले रहता है, अपनी बोली सिखाता रहता है और फिर बाजार मैं उड़ने छोड़ देता है।"

कुछ क्षण तो वह हंसता ही रहा, फिर बोला, "अब सुगना फिर से बाजार में आने वाला है, मां जी!...शायद दो ही चार दिनों में।...मगर इस बार सुगने का नाम बदल गया है!... नया नाम है—'चेतना!' कल से शायद छपाई शुरू होने वाली है।"

"चंदा तो वह मुझसे भी ले गया था, मगर वो तो पुराना पड़ चुका। कहना, नया 'इश्यू' वह जरूर भेजे और नया चंदा मैं भेज देंगी।"

भुवनीमोहिनी देवी ने कुछ ही देर में उसे इतनी घनिष्टता में कर लिया था कि वह खुद ही यह कह बैठा—"कभी हम लोग आपके यहां—बड़ी-भात खाने जरूर आएंगे।"

चाय खत्म कर चुकने पर उसने थोड़े गम्भीर स्वर में कहा, "प्रोफेसर तिवारी के साथ जो बदतमीजी मैंने की—मां जी, आपको गुस्सा तो बहुत आया होगा, मगर क्षमा कर दिया होगा आपने?"

"तुम शायद यकीन न कर सको, राजशेखर!...मगर वेदना तो मुझे जरूर हुई, गुस्सा जाने क्यों नहीं आ सका। गुस्सा मुझे 'इट्यूशन' पर आता है और जिस पर आता है। कोशिश भी करू तो माफ नहीं कर सकती। गुस्सा मुझे अभी कुछ दिन पहले आया था शारदा पंडित पर। रंगे सियार की तरह मझे भड़काने आया था। ये लोग 'हम तुम्हारे घर में आग लगाएंगे, मेहनताना क्या मिलेगा?' वाले हैं। बदतमीजी से पेश आने में तो खुद तुच्छ पड़ जाने की 'फिलिंग' होती है मुझे मगर सख्त शब्दों में ही मैंने उसे टर का दिया था। उस हज पर निकली बिल्ली पार्वती बहन को भी साथ लाया था। जहां तक मैं समझती हूं, अब

दुबारा नहीं आएंगे ये लोग मेरे घर। मैंने प्रोफेसर को समझा दिया था कि 'बेटे, गलती मीना की भी है।...और तुम उसे माफ कर चुके, तो राजशेखर को भी माफ कर देना चाहिए तुम्हें।' तुमने गलती सिर्फ एक की, राजशेखर! तुम्हें प्रोफेसर तिवारी से बदसलूकी नहीं करनी चाहिए थी। वो निहायत नेक, शरीफ और ऊंचे विचारों वाला आदमी है। तुम्हें मीना को झापड़ लगाने चाहिए थे। इससे उन चटोरी लड़कियों को सबक भी मिलता, जो बिल्ली बनकर खेलन चाहती हैं। मैं खुद औरत हूं और बहुत बेहतर जानती हूं कि ऐसी नौबत सिर्फ तभी आती है, जब औरत ने खिलवाड़ किया होता है।"

भुवनमोहिनी देवी का चेहरा अब कुछ तनाव-भरा हो आया था, मगर जल्दी ही उन्होंने अपने-आपको संयत कर लिया। उसके सिर पर हाथ फेरती बोलीं, "जब कोई मां किसी दूसरे के जवान लड़के को देखती है, और मुसीबत में देखती है, तो उसे कल्पना हो आती है। नौजवान लड़के बुढ़िया औरत को देखकर, शायद, इस तरह की कल्पना न करते हों, मगर बूढ़ी औरत यह कल्पना करती है कि इसके जवान होने में इसके मां-बाप का कितना वक्त, कितना प्यार, कितना परिश्रम लगा होगा। जब मुझ तक खबर पहुंची कि कुछ लड़कों ने, तुम्हारा घेराव किया था, तो मुझे बहुत तकलीफ हुई। समाज में कुछ ऐसे खल हर जगह होते हैं, जिन्हें दूसरों की फजीहत कर डालने में ही सुख मिलता है। ऐसे दुष्टों से बचना चाहिए। उन्हें खुद मौका कभी न देना चाहिए। वो तो खुद ही गीधों की तलाश में रहते हैं।...मुझे तुमसे और कोई शिकायत नहीं, बेटे, मगर मां की विनती मान सको, तो इतना करना—अब मीना या प्रोफेसर तिवारी के साथ इस तरह की नादानी भविष्य में न करना। इसमें न उन लोगों का हित है, न तुम्हारा।"

उनकी आवाज में भारीपन था और आंखें भर आई थीं।

उसने अपने-आपको संतुलित किया और बोला-"माताजी, आज मैं आपसे ये वादा करता हूं कि उन लोगों के साथ भविष्य में बदसलूकी हर्गिज न करूंगा। आप मेरा विश्वास करें—"

अभी वह ठीक से अपनी बात पूरी कर भी नहीं पाया था कि काठ

की सीढ़ियों पर कई एक लोगों के धमाधम चढ़ने की आवाजें ऊपर तक पहुंचीं और जब तक में वो कुछ समझता दो-तीन लड़के ऊपर पहुंच गए। उन्होंने उसे जरा भी वक्त नहीं दिया और एक झटके में दबोचकर, सीढ़ियों के मुहाने पर ले आए और नीचे खड़े दूसरे लड़कों ने उसे सामान के बोरे की तरह नीचे खींच लिया।

नीचे गिरा लिए जाने पर उसने पाया कि तीन-चार के हाथ में हाकी स्टिके हैं। दो-चार पीठ और पांवों पर पड़ चुकीं, तब भी वह किसी तरह उठा। चीते की तरह झपटकर एक स्टिक छीनी और बिना ये देखे चला दी कि किसके लगती है, किसके नहीं, मगर उनमें कुछ लोग पेशेवर मार-पीट करने वालों की तरह सधे थे। एक भरपूर वार सिर पर पड़ते ही, उसकी आंखों के आगे अंधेरा गहरा होता चला गया। उस अंधेरे में ही उसे भवनमोहिनी देवी का करुण स्वर में चीखना सुनाई दिया—'मत मारो इसे, हरामजादो!'

चौदह

शारदा पंडित इस वक्त अपनी बैठक में थे। रामदुलारी चाय नाश्ता रख गई थी।

"नीचे सीढ़ियों वाला दरवाजा बंद ही रखना। कांता बाबू या राय साहब के अलावा कोई भी दूसरा आए, मना कर देना कि पंडितजी इस वक्त यहां नहीं, शहर से बाहर गए हैं।"

"क्या बतायें, बाबूजी, बह हरामजादी बुढ़िया उसके ऊपर लेट गई। तमंचे-छूरे के इस्तेमाल को अपने मना कर दिया था, हालांकि हमें यकीन है कि हाकी स्टिकें भी इतनी करारी पड़ी हैं। कि जिन्दा बचेगा नहीं। बच भी गया, तो किसी काबिल न रहेगा।" तीनों में से एक ने कहा।

दूसरा बोला, "बहुत सख्त जान निकला साला। मिलिट्री का खाया कहां जाएगा। साले के कनपटी पर हाकी मारी, तब जाके गिरा है। चोट आपके उस लोकल लड़के को भी ज्यादा आ गई है। इक्सपीरियंस न होने में यही खतरा रहता है। उसके ही हाथ से हाकी छीन के हमला

किया उसने। किसका लड़का था? बेवकूफ जोश में खुद आगे हो गया और इसी में बुढ़िया को उसके ऊपर लेटने को मौका मिला।

"अरे, उसकी फिक्र न करो। यहीं की एक विधवा लावारिश औरत है, उसी का आवारागर्द छोकरा है। तीन साल इंटर में फेल हो चुका। खैर, नगरपालिका में उसकी नौकरी लगवा दी है मैंने। ठीक होते ही 'ज्वाइन कर लेगा।"

"कहीं उगले नहीं?"—शारदा पंडित के बेटे कांता ने चिता प्रकट की।

'अरे, भई, तुम क्यों उदास हो गए। देखो, ये सारा-का-सारा 'पब्लिक इक्साइटमेंट' का मामला है। प्रोफेसर तिवारी की इज्जतहतकी से उनके छात्रों में बौखलाहट थी। अपने गुरु के ऊपर प्रहार किए जाने से लड़के बुरी तरह क्षुब्ध थे। जब उन्होंने देखा कि वह बददिमाग आवारागर्द श्रीमती मीना तिवारी के साथ सरे-बाजार बदसलूकी करने के बाद, मीना की मां, स्वतंत्रता-संग्राम की प्रतिष्ठित महिला भुवन-मोहिनी देवी के घर में घुसकर उनसे भी बदला लेने की भावना से...यों इसके पीछे वास्तविकता यह भी हो सकती है कि भुवनमोहिनी देवी का चीखना-चिल्लाना सुनकर उधर से गुजरते लड़के अपने को संयम में न रख सके हों? वो सारे-के-सारे लड़के उसी कालेज के विद्यार्थी थे, जिसमें प्रोफेसर तिवारी पढ़ाते हैं। हो सकता है, एकाध कोई उनका किसी दूसरे कालेज का साथी हो?"

शारदा पंडित का चेहरा अब भी प्रशान्त था—"देखो, कांता! यह जो पत्रकारिता है, एक कला है। इसे सीखना होता है। बरतना होता है। मैंने गिरिजा को बिजनिस में लगा दिया है, जबकि वह छोटा है और तुम बड़े, तो इसकी वजह है। पुत्र वही खरा है, जो अपनी पितृ-परम्परा का संवहन करे। अपने बाबा को तुमने बहुत बचपन में देखा होगा। शायद याद हो कि कैसे चंदन-जैसे शीतल स्वभाव वाले थे! मगर उनसे आधा शहर डरता था, जाने किसे शाप दे दें! तुम मेरी तरह संयमी और शीतल दिमाग वाले हो। ये पत्रकारिता की बुनियादो शर्त है। पत्रकारिता कोई खेल नहीं, मामूली शक्ति नहीं, बेटे! टाटा-बिड़ला अपने अखबारों की

बदौलत पार्लियामेंट और सेन्ट्रल-मिनिस्ट्री में 'पावर-बैलेंस' की हैसियत बनाए हुए हैं, और सेन्ट्रल गवर्नमेन्ट के दफ्तरों को उन लोगों ने अपने लिए हाथी-दांत बनाकर छोड़ दिया है।...और तुम एक छोटे-से लोकल इन्सीडेन्ट से परेशानी अनुभव कर रहे हो? वह पत्रकार क्या, जो समाज के प्रति अपनी जिम्मेदारी महसूस न करे? ये ठीक है कि उस गुण्डे ने असामाजिक हरकतें ही की हैं, मगर विद्यार्थियों को भी संयम से काम लेना चाहिए था। उन्हें कानून को अपने हाथ में नहीं लेना चाहिए था। उन लोगों को चाहिए था कि नजदीक ही थाने में जाकर खबर देते। वैसे लड़कों में नया खून जोर मारता ही है। विवेक और संयम की शीतलता उनमें कहां होती है। बस, ये ही सब चीजें हैं और इन्हीं की बुनियाद पर तुम्हें अपना 'एडीटोरियल' लिख लेना है। कम्पोजिंग में देने से पहले एक बार मुझे दिखा लेना। चार ही पेज का सही, मगर इस 'इश्यू' को कल सुबह ही रिलीज कर दो। कम-से-कम लोकली तो बंट ही जाए।"

"मैं दूसरी बात से परेशान था, बाबूजी!"

"बोलो।"

"अभी-अभी ख्यालीराम खबर लाया है कि वो दोनों होश में आ चुके हैं। वह तो अभी भी कुछ ज्यादा तकलीफ में है। कुछ फ्रौक्चर हुए हैं, शायद!...मगर भुवनमोहिनी देवी को बहुत मामूली चोट आई। डाक्टरों का कहना है कि वो चोट से नहीं मेन्टल शॉक से बेहोश हुई थीं।"

"इससे क्या फर्क पड़ता है? दीनू को भेजकर डाक्टरी रिपोर्टों और पुलिस इन्क्वायरी को लेकर भी एक छोटा-सा राइट-अप बना लेना।"

छोटा-सा कहते हुए, उन्होंने उंगलियों से आकार-सा बनाया और गांधी-नेहरू वाले संयुक्त चित्र की तरफ देखते हुए फिर आंखें मूंद लीं।

"बात ये है, बाबूजी! मैंने सुना है कि भुवनमोहिनी देवी पुलिस को अपना बयान देने वाली हैं और उनका कहना है कि यह सारी घटना 'मैन्यूपुलेटेड' है?"

"ठीक कह रहे हो। मैन्यूपुलेशन की इसमें पूरी संभावनाएं हैं। प्रोफेसर तिवारी आजकल शहर में नहीं, छुट्टी लेकर बाहर चले गए

हैं।...हो सकता है, लोगों के शक-शुबहे से बचने के लिए ही ये बेवक्त की छुट्टियां ले ली हों उन्होंने? और हो ये भी सकता है कि अपनी बेटी की इज्जतहतकी का बदला लेने के इरादे से खुद भुवनमोहिनी देवी ने ही ये सब रचना की हो? आखिर इसके तो प्रत्यक्षदर्शी गवाह हैं कि वह भुवनमोहिनी देवी के घर बैठा चाय-हलवे का सेवन कर रहा था! कौन औरत होगी, जो अपनी बेटी-दामाद के दुश्मन को नेक इरादे से घर में बिठाएगी? अपने 'एडीटोरियल' में इस प्वाइंट पर भी रोशनी डालना।...और क्या कहना है अब। रोशनी डालने का अखबारी तरीका क्या होता है, यह सब मैं तुम्हें तुम्हारा नाम एडीटर के रूप में देने से पहले भी समझा चुका हूं।"

शारदा पंडित ने लेटे-लेटे और आंखें मूंदे ही यह सब कहा। उनके चेहरे पर एक पल को सांप के करवट लेने-की सी चमक आई, मगर दूसरे ही क्षण वो फिर यथावत् अपनी सनातन स्थिरता में हो गए।

"श्यामलाल कोई नया पेपर निकाल रहा है और शायद छपाई शुरू होने ही वाली है। हरिबल्लभ के अलावा मांगीलाल का बेटा रामधारी और साला भी वहां काम पर लगे हैं।"

"हां, ध्यानी पनवाड़ी ने मुझे उसी दिन बता दिया था कि सामग्री लाद लाया है कहीं शहर-बाहर से। उस राजा के बच्चे ने भी, सुना है, एक फूल पेज 'एडवरटिजमेन्ट' दिया है। अपनी शुगर मिल का उसे। हमारे दो महीने पुराने बिलों का भुगतान बाकी पड़ा है, उसके घर एडवांस पेमेन्ट पहुंच गया! खैर, वक्त आने पर इस किंग्सलैड को भी देख लिया जाएगा।...तुम फिक्र न करो। इस शहर में सिर्फ दो जगह प्रिंटिंग मशीनें लगी हैं। ऐक हमारे, दूसरे कोहली प्रिंटर्स में। ओं० पी० कोहली से मैंने कह दिया है। बाहर छपवाने ले गया, तो तब तक में सारी धूल बैठ चुकी होगी। अच्छा, अब तुम जाओ और एडीटोरियल लिख लो।...और जरा मांगीलाल को ऊपर भेज देना। विश्वबंधु तो अब है नहीं, दीनू से कापी करा लेना। अब एक टाइपराइटर रख लेना जरूरी हो गया है। पालिका में दो टाइपराइटरों की नीलामी होनी है—

एक रायसाहब अपने किसी रिश्तेदार को दिला रहे हैं, एक यहां पहुंच जाएगा—साठ-पैंसठ से बोली ऊंची जाएगी नहीं।"

"आफिस में कुछ ढंग का फर्नीचर भी आ जाता, बाबूजी, तो अच्छा रहता।"

"कांता, जो जहां आना-जाना है—जब तक मैं जिंदा हूं, तुम फिक्र न करो बेटे! अरे, भई, तुम्हें अपने यहां डबलबेड' और डाइनिंग सेट चाहिए था? बढ़िया-से-बढ़िहा जो हो सकता था—'पंडित फर्नीचर्स' से आ गया, या नहीं?" शारदा पंडित के चेहरे पर अब जैसे वीतरागिता आ गई।

कांता बाबू चुपचाप नीचे उतर आए।

सीढ़ियों पर किसी के ऊपर चढ़ने की आवाज आई तो जब तक में आने वाले का पांव आखिरी सीढ़ी पर पड़ता—शारदा पंडित ने फिर चुपचाप आंखें मूंद लीं।

मांगीलाल कुछ देर दरवाजे के पास ही खड़ा रहा, फिर धीमे से खांसा और इसके बाद लगता है, बाबूजी थके हैं। गहरी नींद आ गई।' कहता वापस मुड़ने लगा था कि 'हरे राम, हरे कृष्ण' कहते हुए, शारदा पंडित ने करवट बदली—"कौन? अरे, मांगीलाल, आप हो भई?"

मगर मांगीलाल के 'बाबूजी, नमस्ते! कांता बाबू भेजे हैं। हमें। कोई हुक्म?' कहते हुए रुकते ही, उन्होंने फिर आंखें मूंद लीं और प्रात्मलीनता में अंतर्धान हो गए।

मांगीलाल कुछ पल उनके जल-समाधि में हो चुके-से चेहरे को चुपचाप देखता और फिर बोला, "हम सब समझ रहे हैं, बाबूजी, कि आप हमको क्यों बुलाए हैं। हम तो अपढ़-जाहिल ठहरे, मालिक!... आपतो ज्ञानी आदमी हैं। आप बड़े और संस्कारी लोगों के घरों की तो, बाबूजी, बात ही दूसरी है। हम फटीचरों की तो संतति भी ऐसी होती है कि बाप कहेगा, 'बेटे रामधारी, उधर क्यों जाता है?' तो रामधारी बेटा पाद छोड़ता हुआ-सा आगे बढ़ जाएगा कि 'बाबू, तुम अपना काम देखो, हमें नसीहत ना दो।'—और साले-सालों का जहां तक सवाल है, बाबूजी, वो तो आप-जैसे बड़े लोगों के घरों में भी सिर्फ अपनी भैनों के ही होते हैं।"

मांगीलाल की बात पूरी होने तक में, धीरे-धीरे, शारदा पंडित का

चेहरा ऐसा हो आया, जैसे किसी ने गीले तौलिए से पोंछ दिया हो। वो अपनी आत्मलीनता में से उबरकर कुछ कहते कि मांगीलाल यह कहता नीचे उतर गया—"हम चले, बाबूजी, नमस्ते! कांता बाबू कहे हैं कि 'इश्यू कल ही रिलीज होना है। ओवरटाइम लगाना पड़ेगा, तब खत्म होगा।"

पन्द्रह

भुवनमोहिनी देवी ने अपना बयान खत्म किया था कि सिद्दीकी मियां बोले, "हम तो पहले ही अंदाजा लगा चुके थे कि खुराफात के पीछे जरूर एडीटरजादे का दिमाग होगा।"

कामरेड वहीं खड़े थे। गीता, प्रभा, श्रीमती सक्सेना, श्रीमती मैठाणी, हरि बल्लभ से अलावा और भी कई लोग वहां मौजूद थे।

कामरेड उदासी में डूबे थे, मगर सिद्दीकी मियां की बात सुनते ही उन्होंने मजाक में कहा, "आप, सिद्दीकी साहब,शारदा पडितजी के लिए 'एडीटरजादा' लफ्ज ही क्यों इस्तेमाल करते हैं? साहबजादा, रायजादा, शहंशाहजादा या मीरजादा वगैरह तो हम सुनते आए थे—"

"सुनने को तो, खैर, आप लोग अदीब और अखबारनवीस आदमी हैं, वर्माजी!...और तय है, इन सब जादों के साथ 'हरामजादा' लफ्ज भी जरूर सुनते आए होंगे आप?"

सिद्दीकी मियां का यह कहना अस्पताल के कमरे में उमस की तरह लबालब भरे उदास माहौल को जैसे एकबारगी चीर गया। यहां तक कि सबसे ज्यादा संजीदा गीता पाल तक को हंसी छूट पड़ी।

"यानी आपका 'एडीटरजादा' लफ्ज 'हरामजादा' के वजन पर है?"

"आप लोग आजाद-जबान अखबारनवीस हैं, साहब, आप कुछ भी कह सकते हैं। मैं एक अदना सरकारी मुजाजिम हूं, मैं कैसे जुर्रत कर सकता हूं।' सिद्दीकी मियां शरारत से छलके पड़ रहे थे—"मगर माताजी ने जरूर मेरे पूरे सर्विस कैरियर को बरकत बख्श दी है आज। इनके बयान के बूते पर चौबीस घंटों को तो मैं हराम...माफ कीजिएगा,

यह आप लोगों की सोहबत का असर है—एडीटरजादे साहब को चौबीस घंटे न सही...क्या वक्त होगा साहब? एक बजा है? तो ग्यारह घंटे ये और दस घंटे वो...इक्कीस घंटे तक को तो हवालात में बंद कर ही दूंगा। खुदा का लाख-लाख शुक्र है कि आज डी० एम०, ए० डी० एम०, और एस० पी० साहब भी शहर-बाहर हैं और हमारी सचमुच 'सैंया भये कोतवाल वाली हैसियत' है। इन एडीटरजादों के करम से हमारे तबादले का कागज तो, बस, अता ही होगा और हो सकता है, फोन भी आए। मगर जहां एक बार इंदराज करके सीखचों के अन्दर किया, सुबह कचहरी खुलने से पहले तो एडीटरजादे साहब को, बस, सिर्फ खुदाताला ही आजादी दिला सकता है।" कहते सिद्दीकी मियां उठ खड़े हुए और 'राजशेखर का बयान शाम किसी वक्त या कल ले लिया जाएगा। डाक्टर माथुर से मैंने लिखवा लिया है कि अभी बयान देने की हालत में नहीं हैं। अब जरा मैं शेखर की हाकी से घायल पड़े उस लौंडे की खबर लेता ग्राऊं। कुछ पता तो चले कि हमलावर लोकल ही थे या कि कुछ 'इम्पोर्टेड' माल भी था।...' अच्छा, आदाब! माताजी, प्रणाम करता हूं।" कहते, तेजी से कमरे से बाहर निकल आए।

कान्स्टेबिल और सिपाहियों के साथ-साथ कामरेड भी उन्हें बाहर तक छोड़ने गए। कमरे में वापस लौटने को थे कि सरदार दिलदार सिंह दिख गए—"कहिए, कामरेड साहब, कैसी तबीयत है शेखर साहब की?"

"अब फिक्र की बात नहीं, दिलदार! खतरे से बाहर बताया है डाक्टर माथुर ने। 'ब्रेन हैमरेज' नहीं हुआ है।"

"बुरा न मानें, कामरेड साहब! ये आदत आपकी बुरी है कि इतनी बड़ी बात कहते भी आप 'खुदा की मेहरबानी से या भगवान की कृपा से कभी नहीं कहते।"

"लो, भइया, तुम्हारी तसल्ली के लिए कहे देते हैं कि-कृपा श्री सत्य गुरु गोविन्द सिंहजी की!"

भुवनमोहिनी देवी बयान देने के बाद, फिर चुप हो गई थीं। उनकी पीठ में बहुत दर्द होने से डाक्टर ने उन्हें पैथाडीन' दे दिया था। धीरे-धीरे वो नींद में हो गई, तो गीता पाल उनके बिखरे बालों

को अंगुलियों से संवारती, माथे पर थोड़ी देर हलके से हाथ फिराती–शेखर की ओर निकल गई।

सीढ़ियों पर होती खट-खट और फिर दरवाजे पर दी गई दस्तकों की आवाज से शारदा पंडित ने इतना अनुमान बाथरूम में बैठे-बैठे ही लगा लिया कि ये सारी आवाजें आकस्मिक और अजनबी हैं।

बाथरूम में बैठे-बैठे ही उन्होंने रामदुलारी को आवाज दी कि 'देखो, कौन लोग हैं!'

रामदुलारी ने लौटकर बताया, तो थोड़ी देर सोचते रहने के बाद बोले—"बिठाओ। कुछ नमकीन-मीठा रख देना प्लेटों में। कहो कि बाबूजी स्नान कर रहे हैं। थोड़ी देर में आते हैं।"

इतना अनुमान तो उन्होंने लगा लिया था कि कहीं-न-कहीं से बातों को उनसे भी जोड़ दिया गया है और इसीलिए ढाई साल तक स्वदेश भवन के पास से गुजरते बूटों की आवाज दबा लेने वाले सिद्दीकी मियां को अपने तबादले के वक्त उनकी सीढ़ियां चढ़ने का बहाना मिल गया है।

सिद्दीकी मियां ने राजशेखर वाले मामले में जैसा तटस्थ रुख अपनाया था और साफ कह दिया था कि जब तक प्रोफेसर साहब या उनकी वाइफ खुद जाकर नामजद रिपोर्ट नहीं लिखाती हैं, तब तक मैं कुछ नहीं कर सकता। मैं कानून का ताबेदार हूं, कानून मेरा नही इस कुढ़न से उन्हें सिर्फ तभी मुक्ति मिलनी है, जब उधर तिब्बत बोर्डर की तरफ तबादले पर जा चुके। हालांकि सिद्दीकी मियां के ऊपर बैठके तक आ धमकने से शारदा पंडित बहुत कुपित थे, मगर खद्दर के ताजा लोहा 'किए कुरते धोती और कलफ लगी टोपी में, बैठक तक पहुंचने में उन्होंने अपने-आपको पूरी तरह स्वागत मुद्रा में कर लिया, 'आइए, सिद्दीकी साहब! कहिए कैसे मिजाज हैं? गरीब के 'घर कैसे आना हुआ?"

जितनी ऊष्मा में शारदा पंडित बलपूर्वक मधुर-मधुर बोलते, हाथ मिलाने को आगे बढ़े थे, उतने ही ठंडे और अफसोस-भरे लहजे में सिद्दीकी मियां ने सिर्फ इतना कहा—"आप जैसे बुजुर्ग, बलिदानी और

इज्जतदार समाजी नेता को गिरफ्तार करते हुए मैं बहुत शर्मिंदा हूं और खुद को गुनहगार महसूस कर रहा हूं, पंडितजी!...मगर जैसा कि मैं अक्सर कहा करता हूं कि मैं कानून का ताबेदार हूं, कानून मेरा नहीं—मैं इस वक्त भी कानून के हाथों मजबूर हूं। मुझे आपको गिरफ्तार करते वक्त अपने वाल्देन को गिरफ्तार करने जितनी शर्म और तकलीफ महसूस हो रही है..."

सिद्दीकी मियां की शराफत और नरमी से भरी बातें सुनते हुए, शारदा पंडित महसूस कर रहे थे कि सिद्दीकी मियां जैसे उनके बदन पर के कपड़े उतारे जा रहे हैं। एक मुद्दत के बाद, अपने स्वभाव के विपरीत, उन्होंने अत्यन्त कुपित ढंग से और जोर से चिल्लाकर कहा, "मौका पा गए हो, मियां सिद्दीकी, तो ले चलो सीधे। शारदा पंडित के साथ ज्यादा नौटंकी करने की जरूरत नहीं। रामदुलारी, कांता से कहो कि रायसाहब और डी० एम० खन्ना को फोन कर दें। जिन सीढ़ियों पर बड़े-बड़े मिनिस्टर इजाजत ले के चढ़े हैं, वहां मामूली पुलिस वाले डाकुओं की तरह धड़ाधड़ चढ़ आए! देखता हूं मैं भी आज कि गांधी के इस मुल्क में इन कौड़ी के थानेदारों की ज्यादा वकत है, या हम लोगों की—जिन्होंने इस मुल्क की आजादी की लड़ाई में अपनी जिंदगी गारत कर दी।' हमेशा प्रशांत रहने के आदी शारदा पंडित इस वक्त गुस्से में बाकायदा कांप से रहे थे, मगर प्रतिक्रिया में सिद्दीकी मियां सिर्फ मुस्करा-भर दिए—चलिए, हम नाचीजों की आपने कुछ तो कीमत लगाई। कोई छोटा अदमी होता, तो सिर्फ कौडी-भर लगाता! यो कहने को तो, पंडितजी, हम भी जुबानी तौर पर बहुत कुछ कह सकते हैं—'नेशनल पेपर' तो हमारे पास है नहीं—मगर इस वक्त तो मैं सिर्फ इतना ही अर्ज करना चाहूंगा कि न तो आज शहर में डी० एम० साहब मौजूद हैं, और ना ही एस० पी० साहब! और लोकल विद्यार्थी केशंव की रहनुमाई में बरेलीवाले टूरिस्ट भी बस में से उतार लिए गए हैं और लॉक अप' में आपके दर्शनों को बेताब बैठे हैं! और ये तो, शायद, मैं आपको बता ही चुका कि भवनमोहिनी देवीजी ने अपने बयान में आप लोगों पर शेखर बाबू के मर्डर' की

साजिश का इलजाम लगाया है!"

स्वदेश भवन की सीढ़ियां उतरते हुए, शारदा पंडित ने पहली बार महसूस किया कि घुटनों पर काफी जोर पड़ रहा है।

सोलह

शेखर की बाईं जांघ पर कच्चा प्लास्टर चढ़ाया जा चुका था।

पांच दिन बाद कामरेड सरस्वती को साथ लिए आए, तो उनके एक हाथ में 'टिफिन कैरियर' और दूसरे में एक बड़े आकार का लिफाफा थमा हुआ था।

बोले, "आज इक्कीस दिसम्बर है, शेखर! जन्म-दिन मेरा है, लेकिन तोहफे मैं तुम्हारे लिए लाया हूं।"

शेखर ने ठीक से बैठते हुए, लिफाफा हाथ में लिया। उंगलियां भीतर डालीं और बाहर निकलने से पहले ही बोल उठा—'चेतना'!

"हां, 'चेतना' ही है। छपाने बाहर ले जाना पड़ा फर्मे लादकर, इसी में कुछ और देर हो गई, मगर मुझे खुशी है कि 'चेतना' की यह पहली कापी है, और तुम्हें दी जा रही है!" सामग्री तो उसकी देखी हुई थी, मगर छपाई भी काफी अच्छी हुई थी।

सरसरी तौर पर शुरू से अन्त तक देख जाने के बाद शेखर अत्यन्त उत्साह के साथ बोला, "मैं कह सकता हूं, कामरेड दद्दा, कि इस स्तर की मैगेजीन इस शहर से पहले कभी न निकली होगी।...और ये जो संयुक्त सम्पादक के रूप में आपने मेरा नाम दे दिया है..."

"ये तो रामबाण की रस्सी है, प्यारे! तुम्हारी मुश्के कसनी हैं ना? याद है, शेखर, जब वारदात के दूसरे दिन तुम कुछ बोलने की स्थिति में आए थे, तो तुमने मुझसे मजाक में कहा था कि 'कामरेड दद्दा, मांजी ने झूठा बयान देकर बेचारे पंडितजी को बेकार ही फजीहत में डाल दिया। कहीं मैंने पहले बयान दिया होता, तो आपके हथकड़ी लगी होती, क्यों कि मुझे शहर से बाहर न निकलने देने की साजिश

में मेरे हाथ-पांव तुड़वा देने का यह सारा घपला आपका करवाया हुआ है।'...बात तुम्हारी काफी हद तक सच थी। जिस मुकाम पर हम लोगों की दोस्ती पहुंच चुकी थी, तुम सचमुच किसी दिन इस शहर से वापिस चल देने का इरादा कर लेते और मुझे 'नमस्ते' करने आते, तो मैं सचमुच झापड़ मार बैठता!"

"आप लोगों ने तो, कामरेड दद्दा, अपने-अपने प्रेम को इतना डाल दिया मुझपर कि गधा हो गया हूं मैं। यहां अस्पताल में जो मेरी खिदमत हुई है, जी करता है दुबारा पिटुं और पीटने वालों को मेहनताना दूं।"

शेखर अपनी प्रसन्नता को जैसे संभाल नहीं पा रहा था। पास खड़ी सरस्वती के सिर पर से धोती हटाने लगा, तो वह सकुचाती बोली, "क्या करोगे, भइयाजी!"

"कुछ नहीं, भाभी, हरियाली देखना चाहता हूं।...अरे ये तो सचमुच फिर से काटने लायक हो आई, कामरेड दद्दा!" कहते हुए, उसने सरस्वती के बालों को सचमुच अपनी उंगलियों में भर लिया।

"इस बीमारी ने शेखर, ठीक ही कह रहे थे कि सचमुच गधा बना दिया है तुम्हें।"

उसने चौंककर देखा और धीमे से सरस्वती के बालों को उंगलियों की गिरफ्त से छोड़ दिया, तो कामरेड हंस पड़े—"अरे यार, तुम्हें लगाम ढीली छोड़ देने को थोड़े कहा था, मैं तो ये देख रहा था कि इस अस्पताल में आराम की रोटी तोड़ते-तोड़ते तुम्हारी भाषा की तमीज जाती रही।"

वह कुछ समझ नहीं पाया। कामरेड की तरफ देखता-भर रहा।

कामरेड रहस्यमयी मुद्रा बनाकर बोले, "मैंने 'तोहफे लाया हूं' कहा था—'तोहफा' नहीं।...और तुमने एक बार को भी ये न पूछा कि 'कामरेड दद्दा, दूसरा तोहफा कहां है? हद, है, यार!"।

अब उसका चेहरा बच्चों की सी सरलता में हो आया।

'सरो, तुम जरा उधर पायताने की ओर हो लो।' कहते कामरेड उसके पास बैठ गए। आवाज को धीमाकर लिया—"हमारी

खुशकिस्मती और तुम्हारी बदकिस्मती से दूसरे तोहफे की शक्ल भी रस्सी की ही है, प्यारे!...और अब मैं तुम्हें ज्यादा 'ससपेन्स' में न रखूंगा। आज सुबह-सुबह गीता बहन आई थीं। ज्यादा रुकीं नहीं। थोड़े से शब्दों में सिर्फ ये कहती गई हैं कि उन्हों ने फैसला कर लिया है। बता रही थीं कि जिस दिन तुम पर हमला हुआ, उसी दिन तय कर चुकी थीं कि अगर ईश्वर की दया से..."

"यह 'ईश्वर की दया' आपकी ओर से इस्तेमाल किया गया शब्द है या..."

"अब तुम भाषा की खाल ज्यादा न खींचो, यार! मुझे कह लेने दो। उनका कहना था कि तुम्हारा बचना काफी है, चाहे लूले-लंगड़े ही बचो! और जो जरूरी बात है, वो ये कि उन्होंने यह जिम्मा मुझे सौंपा है कि जितनी जल्दी हो सके, आर्यसमाजी तौर पर रस्म-अदायगी को बन्दोबस्त हो जाए। 'सीनियारिटी' साली सब जगह 'काउट' की जाती है ना?"

वह जैसे किसी खामोश जंगल में हो गया हो। उसके चेहरे पर सन्नाटा छा गया था।

"आज सुबह मैंने ये महसूस किया कि अगर तुम्हारे साथ ये दुर्घटना न हुई होती, तो गीता सचमुच शादी के फैसले पर नहीं पहुंच पाती। यह कहते हुए वह रोने लगी थी कि वो जवान ही होंगे कि मैं बूढ़ी पड़ जाऊंगी और आंखों को चुभने लगूंगी। दूसरे, आदर्श और भावावेग लम्बा साथ हो जाने पर भीतर तह में होते चले जाते हैं और बहुत कम लोग होते हैं, जो अन्तिम क्षण तक इन्हें निभा पाते हैं।...लेकिन फिर भी मैं अब फैसला ले चुकी हूं और उनसे कहिएगा कि खूब सोच-समझ लें फिर से। मैं तो चाहे जो भी हो, पछतावा नहीं करूंगी क्योंकि ये फैसला मैंने अपने अन्दर की आवाज पर लिया है।... मगर उन्हें पछतावे में देखना मेरे लिए बहुत तकलीफदेह होगा।'...और भई, गीता बहन का ये भी कहना है कि यदि होना है इसे, तो फिर वक्त न लगे। क्या इरादा है अब तुम्हारा?"

"ये अब भी पूछने की जरूरत है, कामरेड दद्दा—और वह भी आपको? डाक्टर माथुर ने साफ कह दिया है कि अब पहले की तरह

तेज रफ्तार न चल सकूंगा मैं। अब मुझे सहारे की ज्यादा जरूरत है।"

अभी वो लोग आपस में बातें कर ही रहे थे कि श्रीमती मैठाणी और भुवनमोहिनी देवी साथ-साथ आ पहुंची। श्रीमती मैठाणी ने धीमे से उसकी माथा चूम लिया, तो वह 'बेड' पर बैठे-बैठे उनके गले से झूल गया।

इसके तीसरे दिन कामरेड बिल्कुल तड़के ही पहुंचे, और यह देखकर उन्हें थोड़ा ताज्जुब ही हुआ कि पहुंचने वालों में प्रभा भी थी। वह गीता के साथ आई थी। वो लोग श्रीमती मैठाणी के साथ डाक्टर और नर्सों के साथ बातों में उलझे थे।

कामरेड धीमे से उसकी बगल में टिककर बैठ गए और पांवों को, झलने से बचाने के लिए, स्टूल पर रख लिया।

"इस कड़ाके की ठंड में आप बिस्तर से कैसे बाहर निकल आए, कामरेड दद्दा? इस पौराणिक किस्म के ओवरकोट में तो आप सचमुच रूसी कामरेड लग रहे हैं, जैसे क्रैमलिन की चौड़ी सड़कों की बर्फ पर चलते हुए आए हों!"

कामरेड ने हाथ में थमा 'भारत टाइम्स' उसके आगे कर दिया—"रूसी नहीं, चीनी एजेन्ट कहो, प्यारे!" और हंस पड़े।

वह संभलकर, तकिए के सहारे बैठ गया और अखबार पढ़ने लगा।

"अब तुम्हारा कामरेड दद्दा चाहे हुआ हो, न हुआ हो, "चेतना' तो ऑल इण्डिया फेम की हो ही गई, प्यारे! फ्रण्ट पेज पर, बॉक्स-न्यूज में आई है।"

न्यूज़ पढ़ते ही शेखर नफरत और गुस्से के साथ बोला, "आपके इम्पार्टेण्ट एडीटोरियल के बाकी सारे मुद्दे तो छोड़ दिए गए हैं और सिर्फ नेशनल फण्ड में चंदा-उगाही पर किए कमेन्ट को उठा लिया!...और वो भी उतनी धूर्त्तता के साथ कि इस बात का कहीं जिक्र ही नहीं कि आपने चंदा उगाही के नाजायज तरीकों को 'क्रिटीसाइज' किया था—नेशनल फण्ड में कलेक्शन' का नहीं! ये कैपिटलिस्टों के अखबार सचमुच बहुत हरमजदगी करते हैं।"

"खैर, इसमें अखबार या लखनऊ के लोकल न्यूज-रिपोर्टर की कोई ज्यादती नहीं है! उन्होंने तो सिर्फ एसेम्बली में 'चेतना' में से जो अंश भइयाजी ने पढ़कर सुना दिया, 'कोट' कर दिया है।...और जहां तक एम० एल० ए० भइयाजी का सवाल है, ये तो तुमने पढ़ा ही होगा कि शैतान बाइबिल सिर्फ उतनी ही 'कोट' करता है, जितने की उसे जरूरत होती है।"

"मगर, कामरेड दद्दा, इस सबका सीधे-सीधे मतलब ये निकलता है कि आपके लिए जोखिम और बढ़ गया है।"—उसके चेहरे पर चिन्ता रेखाएं उभर आई—"मुझे आपकी कम भाभीजी की फिक्र ज्यादा है। कहीं आपके खिलाफ सचमुच डी० आई० आर० इस्तेमाल किया गया, तो उनपर मुसीबत गिर पड़ेगी।"

"अरे यार, तो इसमें फिक्र की कौन-सी बात है? लोगों को सिर मुंड़ाते ही ओले पड़ते हैं, तो बर्दास्त कर लेते हैं। और अपनी भाभी के तो तुमने कल खुद खींच के देख लिए, कितने लम्बे और मजबूत बाल निकल आए हैं? ओले गिरेंगे भी, तो साले आशिकों की तरह जुल्फों में ही उलझ के रह जाएंगे।"

कामरेड ने ठहाका लगाया, तो बाकी के लोगों का ध्यान भी उधर चला गया।

श्रीमती मैठाणी बोलीं, "इस खब्ती के लिए चाय किसी तरह भिजवाओं, प्रभा!"

"आप तो, कामरेड दद्दा, बहुत संजीदा किस्म की बातों को भी मजाक में उड़ा देते हैं। ये अच्छी बात नहीं।"—इस बार शेखर ने अपेक्षाकृत तल्ख आवाज में कहा—"आप शायद इस बात की ओर बिलकुल ध्यान नहीं दे रहे हैं कि भाभीजी को आए अभी दो महीने भी पूरे नहीं हुए।"...

"ऐसा है, शेखर, जिसे मूसल से डर लगता हो, वो ओखली में सिर ही क्यों करे? दूसरी बात ये है कि कोई फांसी नहीं होनी है और न अनंतकाल तक के लिए विदा हो जाना है। डरना खुद अपने-आपको घपले में डालना है। जिन्हें मिशन प्यारा हो, उन्हें जोखिमों से भी दोस्ती करनी पड़ती है और उन्हें मुसीबत के रूप में नहीं, अपने सफर के पड़ावों के रूप में देखने की आदत डालनी होती है। बिना पडावों पर

से गुजरे यात्रा सम्भव ही नहीं। मैं सरो को भी तैयार किए बैठा हूं। अच्छा, सुनो, सामने से गीता बहन चाय की प्यालियां लिए चली आ रही हैं और चाय की धुनकी में भूल ही जाऊंगा मैं। जरा तुम यहां पर 'साइन' तो कर दो अपने।"

कामरेड ने ऊपर का हिस्सा मुड़े कागज का निचला सिरा उसके आगे कर दिया और बालपेन हाथ में थमा दी, तो शेखर ने कहा— "क्या मजमून है, कैसा फरमान है, जरा मुझे पढ़ तो लेने दीजिए?"

कामरेड ने कागज के मुड़े सिरे को और कसकर पकड़ लिया— "शेखर, अगर तुम बिना मजमून पढ़े दस्तखत करने में हिचक महसूस कर रहे हो, तो फिर रहने दो।"

कामरेड की आवाज और आंखें दोनों जिस तरह तीखी— सी हो आईं, उसने अनुभव किया कि उसे या तो दस्तखत कर देने हैं और या नहीं करने हैं। उसने तुरन्त पेन आगे बढ़ाया और लिख दिया— राजशेखर सिंह।

"इस पर सत्रह दिसम्बर की तारीख और डाल दो।"

उसने महसूस किया कि तर्क करने की कोई सार्थकता नहीं कि आज तो चौबीस दिसम्बर है।

सत्रह

अस्पताल से 'रिलीज' होते कुछ दिन और लग गए।

उसे इस बात पर आश्चर्य था कि आज अस्पताल से छुट्टी मिलने के दिन बाकी सब लोग आए हैं, मगर कामरेड नहीं। न सरस्वती आई थी।

उन लोगों को खोजती उसकी आंखें हरिबल्लभ से यह सुनते ही पथरा-सी गईं कि 'उनको तो, साहब, सी० आई० डी० वाले उठा ले गए। 'चेतना' का सारा बाकी पड़ा स्टॉक जब्त हो गया। प्रेस पर सील लग गई। सब उस लोमड़ पंडित और राय की करतूत है। सरस्वती बहनजी बहुत उदास हैं।"

"कब?" किसी तरह उसने कहा, तो लगा, दांतों से वजन उठा रहा है।

"कल रात।"

उसने अब गीता और श्रीमती मैठाणी की ओर देखा।

श्रीमती मैठाणी बोलीं, 'मुझे भी अभी गीता ने बताया, बेटे कि डी० आई० आर० में बन्द किया है। कानून अंधा है, चाहे जिसके गले में डाल दो।"

"सोच रही थी, यहां से घर चलें, वहीं बताऊंगी। उन्होंने आपके नाम एक चिट्ठी लिख छोड़ी है।' इस बार गीता बोली, "मैंने सिद्दीकी मियां से मुलाकात की थी। वो तो, खैर, बहुत नेक आदमी हैं। उनके तबादले का कागज आ चुका, शायद, कल चार्ज सौंप देंगे। बतला रहे थे कि फिलहाल बरेली सेण्ट्रल जेल में रखा जाएगा और हिन्दुस्तान-चीन के बीच में बार्डर-वार खत्म होते ही छोड़ दिया जाएगा। इससे पहले पोलिटिकल एप्रोच होने पर ही कुछ हो सकता है। आप फिक्र न करें। धीरे-धीरे सब ठीक हो जाएगा।"

बात खत्म करके, गीता ने वैनिटी-बैग में से चिट्ठी निकालकर, शेखर को दे दी।

सादे लिफाफे के भीतर अच्छा-खासा लम्बा पत्र था। सुन्दर और साफ लिखावट में, और इससे स्पष्ट था कि पत्र हड़बड़ाहट या त्रास में नहीं, संतुलित मन से लिखा गया है।

'प्रिय, शेखर, यों तो खत लिखने की कोई जरूरत नहीं थी। सारी बातें तुम्हें पता चल ही जाएेंगी। अंदेशा चूंकि पहले से था, इसलिए बिल्कुल नॉर्मली मैंने इसे लिया है, तुम भी फिक्र न करोगे। सरोको मैं इस बीच ही मानसिक रूप से तैयार कर चुका था, इसलिए ये भी इस सबको संतुलित ढंग से देखती रही हैं। मेरी गिरफ्तारी, प्रेस की सीलबंदी—और वो भी रात के लगभग दो बजे की कड़कती सर्दी और सन्नाटे में—तुम वहां मौजूद होते, तो ये देखकर तुम्हें खुशी होती कि सरो ने कितने धैर्य और जीवट से काम लिया है। इस तमाम अरसे में ये अपना रुख ऐसा बनाए रही हैं, जैसे मैं किसी सफर पर जा रहा होऊं और गाड़ी जल्दी पकड़नी हों। यह बात मैं तुम्हें इसलिए लिख रहा हूं कि बता सकूं—सचाई कितना 'पे' करती है। मैं इन्हें असुविधाओं के सिवा कुछ न दे सका—न उम्मीद करता हूं—मगर सचाई बरती है और जैसा कि एक दिन तुम्हें मैंने कहा

था, हमारे दिए हुए को प्रकृति हम तक पहुंचाती जरूर है।...मगर अब तुम्हें इनका ख्याल रखना है और गीता बहन को। इस गिरफ्तारी से पहले ही मैं इन्हें मानसिक तौर पर इस हद तक तैयार कर चुका हूं कि शहर कि सड़कों पर झाड़ू लगाकर गुजर करने की नौबत आने पर भी अब ये मेरा साथ छोड़ेंगी नहीं।...मगर आखिर आदमी हूं और इसे अपनी कमजोरी कहने की जगह, स्वाभाविक करुणा कहना चाहूंगा कि मुझे इनकी फिक्र है, क्योंकि ये मां बनने जा रही हैं।

'जहां तक मेरा सवाल है, मुझमें किसी यात्रा पर जाने का सा ही इतमीनान है और यह की वापसी में कुछ बेहतर ही आऊंगा। अपनी वापसी की मुझे पूरी उम्मीद है, क्योंकि मुझे जिन्दगी के शुरू होने का अहसास हो रहा है, खत्म होने का नहीं। यह सब टेम्पोरेरी है। अभी तो 'चेतना' जब्त हो रही है, मगर जेल से वापस होते ही इसे हम फिर शुरू करेंगे—और ज्यादा उत्साह के साथ। आदमी का कोई भी लक्ष्य तब उसके हाथों से आखिरी तौर पर छूटता है, जब अपने संघर्ष को वह खुद स्थगित कर देता है। मैंने बहुत अरसे तक बीड़ियां फूंकी हैं और चाय फांकी—मुझे खुशी है कि मेरा वह सारा वक्त बेकार नहीं गया और आज जब जोखीम से मुझे रूबरू होना पड़ा है तो मैं कमजोर नहीं पड़ा हूं, एक नयी ऊष्मा अनुभव कर रहा हूं।

'तुम्हें' शायद, याद होगा, शेखर! अभी परसों जब तुम्हें थोड़ी देर के लिए धूप में लाया गया था, तो तुमने आकाश में उड़ते पक्षियों की ओर संकेत करते हुए मुझसे कहा कि, "कामरेड दद्दा जरा देखिए तो सही। यह आकाश कितना-कितना अनंत है, और इन पक्षियों के पंख कितने छोटे-छोटे!'...साफ है कि तुम्हारा इशारा हम लोगों के संघर्ष की ओर भी था कि खुद के 'मिशन' की तुलना में हम लोगों की औकात कितनी छोटी है।...इस सिलसिले में तुमसे मुझे सिर्फ एक बात—लेकिन बहुत जरूरी तौर पर—ये कहनी है कि ये ठीक है कि आसमान का कोई अन्त नहीं, वह सचमुच अनंत है। मगर, प्यारे, आदमी का अपनी इंसानियत को अपने हाथों और अपनी आंखों के सामने जी सकने का संघर्ष भी इससे कम अनंत हर्गिज नहीं है। संसार की सारी नियामतों से मूल्यवान और खूबसूरत यह संघर्ष न हमसे-तुमसे शुरू हुआ है और न हमारे-तुम्हारे साथ खत्म होगा।

'अफसोस मुझे सिर्फ दो बातों का है। तुम जिस दिन अस्पताल से 'रिलीज' होओगे, बांह का सहारा देकर ओकवुड काटेज तक पहुंचाने की खुशी मैं न पा सकूंगा। ये काम गीता बहन करेंगी। और इस बात की भी मुझे दिली तकलीफ है कि तुम दोनों के एक होने का जो स्वप्न मैं देखता आया, जिस दिन वह साकार हो रहा होगा, मैं सीखचों के अन्दर होऊंगा। वह पहली जनवरी होगी। हवन और पाणिग्रहण का वक्त भी मुझे याद रहेगा और उस वक्त मैं सीखचों के पास आ खड़ा होऊंगा। और सलाखों को हाथों में कसे, दूर-दूर तक आसमान की ओर देखूंगा और प्रार्थना करूंगा कि तुम दोनों का साथ ऐसा ही विस्तार-भरा हो। तुम तर्क करोगे कि कामरेड दद्दा, प्रार्थना किससे करेंगे आप?' तो मेरा जवाब सिर्फ इतना होगा कि मैं उस वक्त सिर्फ इतना ही महसूस करूंगा कि मैं प्रार्थना करूं।

'बाकी लेन-देनी अब जेल-से वापसी के बाद-या मुलाकात की हैसियत से तुम्हारे जेल में आने पर। जेल से भागने का अवसर तो न अब मुझे मिलेगा, न तो तुम्हें, यह तसल्ली मेरे साथ है।

अच्छा खुश रहो।—तुम्हारा कामरेड दद्दा।'

पत्र पढ़ना प्रारम्भ करते ही आंखें आर्द्र होनी शुरू हो गई थीं। समाप्त करते-करते, वह बच्चों की तरह रो पड़ा।

गीता बिल्कुल उससे सटकर बैठ गई, मगर कहा कुछ नहीं।

जब वह कुछ संतुलित हो गया, तो बोली, "आपको याद है, उस दिन कामरेड दद्दा आपसे एक कागज पर—बिना आपको उसका मजमून दिखाए—दस्तख्त करवा ले गए थे?"

उसने सिर्फ जान सकने के कौतूहल में अपनी आंखें गीता की ओर उठाई तो वह बोली, "आपकी तरफ से श्री श्यामलाल वर्मा 'सूरज' एडीटर चेतना' के नाम नोटिस था कि बिना आप से किसी तरह की बातचीत किए और आपसे इजाजत लिए उन्होंने जो अपनी मैगजीन में आपका नाम संयुक्त सम्पादक के तौर पर दिया है, वह आपके खिलाफ उनकी साजिश है और उसकी सारी जिम्मेदारी उन्हीं पर है। 'चेतना' से न आपका कोई वास्ता था, न है।"

"ओफ, मैं समझ गया, गीता। यह सारा नाटक उन्होंने मुझे गिरफ्तारी से बचाने के लिए किया। उस दिन शायद उन्हें पूरा यकीन हो गया था चेतना' जब्त होगी।'

दोपहर जब उसे अस्पताल से मुक्त किया गया, डा० माथुर के साथ अस्पताल की एक-दो नर्सें और वार्ड-ब्वाय, उसे छोड़ने सड़क तक साथ आए।

लाल बजरी बिछी सड़क पर उन लोगों का साथ आना अत्यन्त आत्मीय लगता रहा। यह ठीक दोपहर का वक्त था, मगर ठंड इसके बावजूद काफी थी।

डा० माथुर ने यह कहते हुए विदा ली—"अच्छा, शेखर साहब! अब मुझे इजाजत दें। अभी कम-से-कम एक महीना कुछ एहतियात बरतेंगे। एक तो सर्दी में खुले बदन न रहें और दूसरे, शहर की ओर न उतरें।...नहीं, नहीं, ये बात मैं किसी वारदात के अंदेशे में नहीं, बल्कि इसलिए कह रहा हूं कि अभी ज्यादा ऊंचे-नीचे चलने से आपको बचना होगा। खैर, मांजी हैं, ये ध्यान रखेंगी।"

डॉ० माथुर श्रीमती मैठाणी को प्रणाम करके मुड़ने को हुए ही थे कि वो बोल पड़ीं, मैं तो बूढ़ी हो चली, डा० माथुर! पहली जनवरी को इसे नयी मां मिल रही है।...और उस मौके पर आप को भी जरूर आना है।"

डा० माथुर चकित भाव से देखते रह गए, तो श्रीमती मैठाणी ने पहले धीमे से मुस्कुराते हुए कहा, "हिन्दू शास्त्रों में पत्नी को भी मातृतुल्य ही कहा गया है।"—और इसके बाद उन्होंने सचमुच इतने जोर का ठहाका लगाया कि यह अंदाजा लगाना मुश्किल हो जाय कि जो पंक्षी प्रकाश में उड़ते जा रहे हैं, पहले से ही उड़ रहे थे या श्रीमती मैठाणी का ठहाका सुनने के बाद।

कचहरी मैं पहली पेशी के हफ्ता-भर पहले ही शारदा पंडित भुवनमोहनी देवी के यहां चले आए। इस बार उन्होंने पार्वती बहन को साथ नहीं लिया।

उन्होंने नीचे सड़क पर खड़े-खड़े ही झांका और कांता ने दरवाजे पर दस्तक दिलवाई।

भुवनमोहिनी देवी दरवाजा खोलने की जगह, जैसा कि वो अक्सर करती हैं, पहले खिड़की पर आईं और शारदा पंडित को देखते ही उनकी त्यौरियां चढ़ गईं।

'बहन जी, नमस्कार।' के जवाब में उन्होंने सिर्फ घृणा और गुस्से को अपने चेहरे पर इकट्ठा कर लिया।

शारदा पंडित का चेहरा उतर गया। वो समझ गए कि भुवनमोहिनी देवी दरवाजा न खोलेंगी। वो खिन्न मन लौटने को थे कि एकाएक भुवन मोहिनी देवी ने आवाज दी—'आ जाइए, दरवाजा खोल रही हूं।"

कांता को तो शारदा पंडित ने नीचे से ही विदा कर दिया और खुद सीढ़ियों पर छड़ी टेकते, ऊपर पहुंच गए।

"बैठिए। कैसे आना हुआ?" भुवनमोहिनी देवी की आवाज पूर्ववत निहायत अनात्मीय और सख्त थी।

"बहन जी, आपने-हमने साथ-साथ आजादी के संघर्ष में..."

"शारदा पंडित, बेकार के विस्तार में जाने से कोई फायदा न होगा। मेरी तबीयत ठीक नहीं। मैं ज्यादा देर बातें कर नहीं पाऊंगी।"

"बहन जी, आपके सच बोलने की कीर्ति है, मगर आपने मेरे खिलाफ इतना झूठ बोल दिया कि मैं एक दिन आपके घर आया था और मैंने आपसे कहा था कि आप चाहें कुछ न करें, मगर मैं बरेली से गुण्डे बुलवाकर, उसका 'मर्डर' करवा दूंगा? पार्वती बहन उस दिन साथ थीं, मगर मैं आपको जानता हूं। मुझे गवाही की कोई जरूरत नहीं। आप खुद कह दें कि क्या सचमुच उस दिन मैंने इस तरह की कोई बात आपसे कही थी?"

"बात ये है, शारदा पंडित! आप मुझसे यहां घर में पूछ रहे हैं, तो मैं कहूंगी–नहीं, यह बात आपने नहीं कही थी। मगर जब कचहरी के कटघरे में खड़ी होऊंगी, मेरे सामने गीता या रामायण दी जाएगी, मुझे ईश्वर की सौगंध दिलाई जाएगी-मैं विधवा औरत

हूं और मेरे झूठ से मेरे पति की आत्मा को वेदना पहुंचेगी! मगर आप यकीन मानिये, मैं एक पल नहीं हिचकूंगी और पूरा जोर देकर कहूंगी कि राजशेखर का मर्डर' करवाने की धमकी आपने मेरे सामने दी थी।...और यह आपका अपना काम है कि आप ये साबित करें, कि मेरा बयान झूठा है।...अब आप सिर्फ ये बताएं कि यहां क्या इरादा लेकर आप आए हैं, क्योंकि इतना तय है कि सिर्फ मुझे सत्यवादिनी कहने तो आप यहां पधारें न होंगे?"

भुवनमोहिनी देवी की भवें तनी हुई थीं और वो अप्रत्याशित रूप से आक्रामक दिख रही थीं!

शारदा पंडित अच्छी तरह समझ गए कि तर्क करने के बदले सद्व्यवहार की तिल-भर भी गुंजाइश नहीं। अभी भुवन-मोहिनी देवी अपने-आप में कुपित देवी की तरह तनी बैठी ही थीं कि शारदा पंडित आगे बढ़े और टोपी हाथों में लिए-लिए उनके दोनों पैर पकड़ लिए और सचमुच रोते-रोते बोले, बहन जी, इसके आगे अब मुझे कुछ नहीं कहना है। आप मुझे यहां से निकल जाने का हुक्म दीजिएगा, तो मैं बिना एक लफ्ज कहे निकल जाऊंगा।"

कुछ क्षण तो भुवनमोहिनी देवी हक्की-बक्की ही रह गईं, मगर जल्दी ही उन्होंने अपने को संयत कर लिया और बिना झिझके, शारदा पंडित के सिर को पांवों पर से अलग करते बोलीं, "नाटक न करो, शारदा पंडित! मैं काफी पहले से भी जानती आई कि आप क्या चीज हैं, मगर हमेशा बरताव सिर्फ इज्जत देते हुए ही किया। इस नाशवान जिंदगी में भला न कर पाऊं, तो बुरे से बचूं, यही मेरी कोशिश रही।...मगर मुझे जब किसी पर गुस्सा आ जाता है, तो फिर माफ मैं कर नहीं पाती।...और माफ मैं आपको पांव पकड़ने के बाद भी नहीं करूंगी और न उपदेश दूंगी कि आगे से नेकनामी बरतें।... मगर आप समझौता करवा लेने की चालाकी इस्तेमाल करने आए हो, तो मैं भी 'बारगेन' करूंगी।" इतना कहकर कुछ रुकीं भुवन मोहिनी देवी, और फिर अगले ही क्षण निहायत नपे-तुले ढंग से

बोलीं, "मैंने आपको वापस चले जाने से रोकने का इरादा यों ही नहीं कर लिया। मैं मामले को रफा-दफा करवाने को तैयार हूं, मगर मेरी भी एक शर्त है।"

"शर्त है' कहते हुएआंखों को जिस तरह नुकीला कर लिया भवनमोहिनी देवी ने, एक पल को शारदा पंडित को कंपकपी-सी महसूस हुई।

"श्याम को रिहा करवाना होगा। बोलो, मंजूर है? और ये वादा भी की राजशेखर के खिलाफ आइन्दा ऐसी कोई नीच हरकत न करोगे!"

शारदा पंडित कुछ देर काठ हुए-से चुप रहे, और फिर थोड़ा विश्राम कर चुकने की-सी मुद्रा में धीमी, बुझी हुई-सी आवाज में बोले, "मुझे मंजूर है, बहन जी!...मगर एक फार्मलिटी श्यामलाल को पूरी करनी पड़ेगी। उसमें मैं कुछ दखल दे नहीं सकता। माफीनामा भरना पड़ेगा। वो सबको करना पड़ता है। रिहाई का जिम्मा मैं लेता हूं।'

"तब ठीक है। इस पेशी में बयान देने न जाऊंगी मैं, वकील से तारीख लिवा लेगी। आप इस बीच श्यामलाल की रिहाई का प्रबंध कर लीजिए।"

कुछ पल शारदा पंडित जमीन की ओर देखते रहे। फिर टोपी की तह ठीक करते हुए, 'अच्छा, बहन जी, चलूं इस वक्त बहते, टोपी सिर पर डालते, सीढ़ियों की ओर बढ़ गए।

अठारह

प्रोकवुड काटेज आ जाने के करीब दस दिन बाद, गीता को साथ लिए, धीरे-धीरे चलते शेखर कामरेड के घर पहुंचा, तो उसे यह देखकर ताज्जुब हुआ कि सरस्वती बाहर की चबू-तरानुमा जगह पर बैठी है और एक बूढ़ी-सी औरत उसके सिर पर तेल मल रही है। प्रेस वाले कमरे में लगी सील भी उसे दूर से दिख गई।

दोनों ने ही लक्ष्य किया कि बूढ़ी महिला की ओर धीमे से गरदन मोड़कर, वह कुछ फुसफुसाई है।

शेखर ने धीमे से गीता से कहा—"कोई बुढ़िया भगतन न हो। पहले तो धरना देने आया करती थीं। अब जूड़ा संवारने..."

"आप भी, बस, एक ही हैं। भगतनों और सुहागनों में आपको कोई फर्क ही नहीं दीखता? देखते नहीं, बुढ़िया के माथे पर एक अंगुल चौड़ी रेखा है सिंदुर की!"

"अरे भई! मुश्किल ये हो गई कि जब से श्राप सिंदूरमयी हो गई हैं, दूसरों का सिंदुर दिखाई ही नहीं पड़ता हमें।" शेखर ने ठहाका लगाया, तो उसने हाथ दबाकर रोक दिया—"जाने कौन बैठी हो। और, सुनिये, सरो दीदी के सामने मुझे आप-आप न करने लगिएगा।"

"सच गीता, जब आप ऐसे बच्चों के से लहजे में बोलती। हैं तो मैं अपने-आपको बूढ़ा महसूस करने लगता हूं।"

..."ठीक कह रहे थे, उस दिन कामरेड दद्दा! आपको भाषा की तमीज सचमुच नहीं रह गई। बच्ची की जगह बच्चा कह डालते हैं। इस बार वह खुद अपने को हंसने से रोक नहीं पाई, मगर पास पहुंचते ही ज्यों ही सरस्वती ने बुढ़िया की ओर संकेत करते हुए 'मांजी हैं', कहा वह संकोच में डूब गई। पांव छूने को आगे बढ़ी, तो कामरेड की मां ने बांहों में भर लिया—"जीती रहो, बेटी! सदा सुहागन रहो।"

"मां जी, मुझे भी तो आशीर्वाद दीजिए कि मैं भी सदा सुहागी रहूं!" कहते हुए, अब शेखर ने पांव छुए, तो राधादेवी भी हंस पड़ीं।

चाय पीते वक्त बोलीं, "बेटे के रहते नहीं आ पाई।"

गीता ने धीमे से मजाक किया, "इसमें कौन सी बात है—मांजी! मुल से ब्याज, बेटे से पोता सभी को प्यारा होता है।"

सरस्वती शर्म से लाल पड़ती, उसे हाथ पकड़कर भीतर खींच ले गई, "बहुत मजाक करती हैं आप। हाय मंगलसूत्र और सिंदूर-काजल में आप सचमुच कितनी खूबसूरत हो चली हैं।"

उन दोनों के बाहर वापस लौटने तक वह कामरेड की मां, राधादेवी से बातें करता और दिलासा देता रहा।

"सरो को साथ ले जाना हो, बेटा, तो मुझे भी जरूर ले जाना। बोझ तो जरूर बन जाऊंगी, हाथ-पांव अब ठीक से लगते नहीं।... मगर आजाद बेटे से न मिल सकी, जेल में कैद बेटे से तो गले मिल जाऊं।"

"आप रोएं नहीं, मांजी! कामरेड दद्दा बहुत जल्दी ही घर लौटेंगे।...फिलहाल सिर्फ मैं, गीता, दिलदार सिंह सरदार और हरिबल्लभ जाएंगे। मैं तो इन्हें भी न ले जाता, मगर इन्हें बरेली में कालेज-संबंधी कुछ काम भी है।"

"तब, बेटे, श्याम के लिए कुछ सामान जरूर ले जा देना। चावल के मीठे पुए और खजूर बहुत पसंद हैं उसे। कहते-कहते राधादेवी की आंखें फिर भर आई–"और उससे ये भी जरूर कहेंगे कि मां बहुत खुश हैं। बहू सचमुच बहुत सुशील लाया है खब्ती।"

ओकवुड काटेज की तरफ वापसी में गीता ने कहा, "ये बहुत अच्छा हो गया, शेखर कि मांजी सरो दीदी के पास चली आई हैं। जब हम लोग कामरेड दद्दा को यह खबर देंगे, तब वो सचमुच बहुत खुश होंगे। मां आखिर मां होती है।"

उसने शरारत के साथ 'ठीक कहती हो, अम्मा!' कहा, तो गीता ने उसे जोर से चुटकी काट ली और तेज कदमों से आगे निकल गई।... मगर शेखर को चलने में अभी तक महसूस होती असुविधा का ध्यान आते ही, तुरंत पीछे मुड़ आई।

वह आगे बढ़ने की जगह अपनी ही जगह थमा खड़ा था। गीता लगभग दौड़ती-सी उसके पास पहुंची और उसकी बांह को अपने

कंधे पर लेती, धीमे और प्यार-भरे स्वर में बोली, "मुझे माफ करना शेखर!"

वो लोग ओकवुड कॉटेज के पास पहुंचे ही थे कि सड़क के पोलों पर लगे बल्बों में आकाश में बिजली के कौंधने की तरह रोशनी हुई। श्रीमती मैठारी उन दोनों की प्रतीक्षा में फाटक के बाहर आकर चहलकदमी कर रही थीं, हालांकि लगभग अभी अभी प्रारम्भ हुई संध्या में ही सर्दी बहुत ज्यादा थी—गहरी और तीखी।

शारदा पंडित ने गिरजा पंडित को फोन कर दिया था और वो स्थानीय तीनों कांग्रेसी विधायकों को लेकर सेण्ट्रल जेल हो आए थे। लखनऊ से भी इस बीच संबंध स्थापित कर लिया गया था और दिल्ली रामरतन भट्ट, एम० पी० साहब से भी।

रेलवे स्टेशन से रिक्शे करके, वो लोग सीधे सेण्ट्रल जेल पहुंचे, तो जेलर साहब काफी सौजन्य से पेश आए और कामरेड को वहीं बुला लाने को आदमी भेज दिया।

जेलर का रुख आत्मीय किस्म का देखते ही, सरदार दिलदारसिंह बोले, "जेलर साहब, एक गुजारिश थी।...अगर कोई एतराज न हो, तो चाय का बंदोबस्त करवा दें। हम कामरेड साहब के साथ बैठकर चाय पीना चाहते हैं। मुद्दत हो गई, उनके साथ चाय नहीं पिए।

जेलर साहब सिर्फ मुस्कुरा-भर दिए और पास खड़े सिपाही को इशारे से बुलाकर, छः चाय और कुछ नमकीन लाने को कहा दिया।

कामरेड पहुंचते, इससे पहले ही जेलर साहब ने कहा, "यह आदमी तो हीरा है, साहब! ये सियासी लोग बड़े हरामी किस्म की चीज होते हैं। एक ऐसे आदमी पर एंटी-नेशनल और चीनी तरफदार होने का इल्जाम लगवा दिया, जिस पर हमें ना करना चाहिए। मैं तो अक्सर उनके पास जा पहुंचता हूं। क्या बातें करते हैं वो। क्या जेहन पाया

है। और इस मुल्क के गरीबों के लिए कैसा मुहब्त-भरा दिल!... आते ही होंगे, आप लोग पूछ सकते हैं, मैंने अपने तई हर चंद ये कोशिश की है कि उनको किसी तरह की कोई तकलीफ न महसूस हो। हम लोग सरकारी नौकर हैं, साहब, इससे ज्यादा हम क्या कर सकते हैं।"

"खैर, अब तो उनकी रिहाई की हामी आप तक पहुंच ही गई होगी?" शेखर ने कहा, तो जेलर का चेहरा कुछ फीका पड़ गया। थोड़ी देर मेज पर पेन्सिल ठकठकाते हुए, ऐसे बोलना शुरू किया, जैसे सिर्फ खुद को ही सुना रहे हों—"वो तो सब बदोबस्त हो चुका, श्री मानूजी, सिर्फ माफीनामा भरने की फॉरमैलिटी बाकी रह गई थी...मगर यह बाकी ही पड़ी रह जाएगी, खत्म नहीं होगी!"

चारों ने उनकी ओर जिज्ञासा और आश्चर्य के भाव से देखा, तो जेलर साहब बोले, "खुद मैंने बहुत कहा कि वर्मा साहब, ये तो सिर्फ फार्मेलिटी है और न तो इसे कहीं शाया होना है और न गजट में जाना है।...मगर उनका जवाब सिर्फ ये रहा कि 'और कहीं न सही, जेलर साहब, मेरे दिल और दिमाग में, यहां तक कि खून में तो इसे आ ही जाना है। मैं गुनहगार होता, तो माफीनामा भरता और चल पड़ता, मगर अब मुझे सिर्फ बिना शर्त रिहा होना है।'...रिटन की तो बात ही छोड़ दीजिए, वो जबानी तौर पर भी माफी मांगने को तैयार नहीं।"

चारों को ही सन्नाटे में देखकर, जेलर साहब बोले, "आप लोग उनके बहुत नजदीकी जान पड़ते हैं, जनाब! खासतौर पर ये बहनजी आई हुई हैं...अच्छा, ये आपकी वाइफ हैं? माफ कीजिएगा, मैं इन्हें श्रीमती वर्मा समझने की गलती कर बैठा, हालांकि यह चूक मुझसे होनी न चाहिए थी।...खैर, मुझे तो कोई उम्मीद नहीं, साहब, कि आप लोगों के कहने का भी उनके फैसले पर कोई असर पड़ेगा। ही इज ए फुल्ली डिटरमिंड परसन!"

शेखर कुछ कहने के लिए मुंह खोलना ही चाहता था कि सामने की तरफ से कामरेड आते दिखाई दे गए।

वो लोग तो प्रेम और अवसाद में अभिभूत-से उठकर खड़े हुए ही, खुद जेलर भी उठकर खड़े हो गए, "आइए, वर्मा साहब देखिए यहां कितने लोग आपका इंतजार कर रहे हैं।"

□□